D1724624

Malets Geheimnisse von Paris

Léo Malet

Die Brücke im Nebel

(Brouillard au pont de tolbiac)

Aus dem Französischen von
Hans-Joachim Hartstein

Mit Vignetten nach Motiven von Jacques Tardi

Elster Verlag
Baden-Baden und Zürich

Lektorat:
Anima Kröger

I

Genosse Burma!

Mein Wagen war bei der Inspektion. Also nahm ich die Metro. Hätte mir auch ein Taxi leisten können, aber bis Weihnachten waren es noch eineinhalb Monate. Außerdem nieselte es hundsgemein. Und dann lösen sich die Taxis bekanntlich in Luft auf. Laufen einfach ein, sobald sie von den ersten Tropfen naß werden. Anders kann ich mir's nicht erklären. Und wenn der Scheißregen endlich aufhört, fahren sie nie in die angegebene Richtung. Für dieses Phänomen hab ich keine Erklärung. Aber die Taxichauffeure liefern immer ganz hervorragende.

Ich nahm also die Metro.

Ich wußte nicht genau, wer oder was mich ins Hôpital de la Salpêtrière rief. Fuhr sozusagen auf Vorladung zu diesem wenig lustigen Haus.

Mittags war mir in meinem Büro in der Rue des Petits-Champs ein mysteriöser Brief ins Haus geflattert, der mich neugierig gemacht hatte. Immer wieder und wieder hatte ich ihn gelesen. Jetzt, im 1. Klasse-Abteil der Linie *Eglise de Pantin-Place d'Italie* las ich ihn noch mal:

Lieber Genosse,
ich wende mich an Dich, auch wenn Du Flic geworden bist. Aber Du bist anders als die andern Flics, und außerdem kenn ich Dich von klein auf...

Der Brief war mit *Abel Benoit* unterzeichnet. Abel Benoit? Nie gehört. Konnte mich nicht erinnern, jemals einen gekannt zu haben, der so hieß, von klein auf bis jetzt. Hatte zwar so 'ne

vage Idee, woher der Schrieb kommen konnte; aber Abel Benoit? Keine Ahnung.

Ich las weiter:

... Ein Scheißkerl hat 'ne Schweinerei vor. Komm zu mir ins Salpêtre, Saal 10 Bett...

Also, aus der Zahl konnte man 15 oder 4 lesen, wahlweise.

... Dann erklär ich Dir, wie Du ein paar Freunden helfen kannst.

In brüderlicher Verbundenheit

Abel Benoit

Kein Datum. Nur der Poststempel auf der 15er Briefmarke, im Postamt am Boulevard Masséna draufgeknallt. Die Unterschrift war ziemlich sicher, wie alle Unterschriften. Ansonsten war die Schrift eher zittrig, was leicht zu erklären war. Wenn man auf einer Matratze der Fürsorge liegt, dann läßt die Gesundheit bestimmt zu wünschen übrig. Und wenn man einen Tatterich hat, merkt man's an der Schrift. Außerdem ersetzen zitternde Knie keinen Schreibtisch samt Schreibunterlage. Die Adresse auf dem Umschlag hatte ein anderer geschrieben. Das karierte Papier stammte aus einer Dreiertüte, fünf Stück zu zwei Sous. Der Brief schien 'ne Zeitlang in einer Mantel-, Hosen- oder sonstigen Tasche gesteckt zu haben, bevor er im Briefkasten gelandet war. Eine aufmerksame Schnüffelnase nahm den schwachen Duft von billigem Parfüm wahr. Dieser Benoit hatte seine Botschaft anscheinend einer Krankenschwester anvertraut, die außerhalb ihres Dienstes etwas schlampig war. Außerdem ließ der Inhalt des Schriebs darauf schließen, daß mein neuer Brieffreund keine Flics mochte und irgendwelchen gemeinsamen Freunden irgendeine Gefahr drohte, und zwar von irgendeinem Kerl mit ernsten, aber schlechten Absichten.

Ich faltete den Brief und steckte ihn zu dem anderen Papier-

kram, den ich mit mir rumschleppte. Fragte mich bloß, warum ich mich diesem Spielchen mit den wenig ergiebigen Schlußfolgerungen widmete. Eine unnütze Zeitverschwendung, mehr nicht. Denn gleich würde ich vor dem Kranken stehen, dem geheimnisvollen Bekannten. Oder...

Bis jetzt war mir noch gar nicht der Gedanke gekommen, mich könnte jemand in den April schicken... mitten im November! Abel... Sagt dir das nichts, Nestor? Denk mal nach. Ist doch dein Beruf. Abel! Und wenn der Scheißkerl, der da 'ne Sauerei auskochte, nun zufällig Kain hieß? Wär das kein gelungener Aprilscherz? Ein feinsinniger Scherzbold, der sich nach dem Frühling sehnt.

Na ja, ich würde gleich erfahren, was ich davon zu halten hatte. Inzwischen sollte ich mich nach einem Paar hübscher Beine umsehen, das die Aufmerksamkeit eines anständigen Mannes verdiente. Nur so, zum Zeitvertreib. Auch reingelegte Privatflics dürfen sich die Zeit vertreiben. Im allgemeinen wird man gut bedient. Ich meine, was wohlgeformte Frauenbeine angeht, in hauchdünnen Nylonstrümpfen, hoch übereinandergeschlagen... wenn man Glück hat. Das hängt natürlich vom Tag ab. Sah so aus, als wär heute nicht mein Tag. Ein schlechtes Vorzeichen! Hinten im Waggon saß zwar 'ne üppige Blondine, aber leider mit dem Rücken zu mir. Und die anderen Fahrgäste – alles Vertreter des starken Geschlechts! Wie deren Beine aussahen, wollte ich lieber gar nicht wissen. Ihre Visagen jedenfalls waren ziemlich dreckig, alles in allem.

Besonders die beiden direkt vor mir. Junge Kerle, Typ Karussellstopper im Sonntagsstaat. Ein Teil des 1. Klasse-Abteil war zur 2. Klasse degradiert worden. Die beiden Vollidioten starrten mit ihren Durchschnittsgesichtern die ganze Zeit durch die Trennscheibe. Manchmal stießen sie sich mit dem Ellbogen an oder lachten blöde vor sich hin, wenn sie nicht gerade besonders dumm aus der Wäsche guckten. Vielleicht fuhren die beiden ebenfalls in die Salpêtrière, aber dann bestimmt zur Behandlung. Schade, daß Professor Charcot

schon seit 1893 tot ist. Hätte seine Freude an diesen interessanten Fällen gehabt.

Mir ging das dämliche Verhalten der beiden Blödmänner auf die Nerven. Ich stand auf. Dafür hatte ich drei gute Gründe. Erstens war ich einigermaßen neugierig, was sich hinter mir so Faszinierendes abspielte. Zweitens mußte ich bald aussteigen. Und schließlich hatte ich das seltsame Gefühl, beobachtet zu werden. Zwei Augen, die meinen Nakken oder meine Schultern anstarrten. Vielleicht konnte ich mich ja davon befreien, wenn ich aufstand. Ich ging zur Waggontür und schielte in den demokratischeren Teil des Waggons.

Das Mädchen, das die zwei Karussellstopper so sehr faszinierte, stand an der Trennscheibe, klebte sozusagen dran.

Sie sah aus, als pflücke sie tausend Kilometer weiter weg Vergißmeinnicht. Aber als unsere Blicke sich trafen, sah sie mir direkt in die Augen und blinzelte mir kaum merklich zu.

Wenn sie zwanzig oder zweiundzwanzig Jahre voll hatte, war das schon viel. Mittelgroß, gute Figur. Ihr etwas schmuddeliger Trenchcoat – wie alle Trenchcoats – war aufgeknöpft. Darunter trug sie einen roten Wollrock und einen schwarzen Pullover, und darunter widerum erahnte ich kleine, feste Brüste, die gebieterisch auf mich gerichtet waren. Ein blaßgelber Ledergürtel mit Nieten schnürte ihre Wespentaille zusammen. Blauschwarz schimmernde Haare rahmten das hübsche ovale, leicht kupferfarbene Gesicht, zwei große dunkle Augen und einen sinnlichen, blaßroten Mund ein. Die vergoldeten Ohrringe schaukelten im Rhythmus des Zuges. Sie sah aus wie eine Zigeunerin. Die majestätitsche Haltung unterstrich diesen Eindruck. Die Mädchen ihrer Rasse sind alle mehr oder weniger Königinnen.

Eine Welt voll seltsamer Bräuche, voller Poesie und Geheimnis, trennte sie von meinen beiden grinsenden Hornochsen. Aber offensichtlich erregte sie Aufmerksamkeit und zog sogar die Blicke von Hornochsen auf sich. Ja, sie erregte Aufmerksamkeit. Ich erinnerte mich, sie schon beim Umstei-

gen an der Station *République* gesehen zu haben. Ob das was zu bedeuten hatte? Vielleicht seh ich aus, als könnte man mit mir ’n Abenteuer wagen.

Der Zug raste rüttelnd an der Station *Arsenal* vorbei. Seit dem Krieg ist sie geschlossen. Dabei passen Krieg und Arsenal so gut zusammen! Ich grübelte aber nicht weiter darüber nach, genausowenig wie über den Blick, der noch immer auf mich gerichtet war.

Kurz vor dem Quai de la Rapée tauchten wir wieder aus dem Untergrund auf. Die Metro fuhr parallel zum Pont Morland zur letzten Schleuse des Saint-Martin-Kanals. Sie hielt vor feuchten grauen Mauern, spuckte ein paar Fahrgäste aus, verschlang neue. Ein kurzer Pfeifton, die Türen knallten zu, und der Zug ruckte an. Wieder einige Meter unter der Erde, unter dem Pont d’Austerlitz hindurch. Dann, an der Oberfläche, quietschte der Zug um die Kurve, um die Ziegelsteingebäude des Institut Médico-Légal herum. Wirken nur so finster, weil man sich dementsprechende Vorstellungen davon macht. Dabei sieht der Komplex genauso gesund und munter aus wie der berühmte Doktor Paul, der Hohepriester dieses einladenden Ortes. Dann donnerte der Zug über die Metallbrücke auf die andere Seite der Seine.

Pfeife in der einen Hand, Tabaksbeutel in der andern, ließ ich die Gegend draußen an mir vorüberziehen. Und nach wie vor spürte ich den Blick der jungen Zigeunerin auf mir ruhen.

Der Fluß führte bleifarbenes Wasser. Ein schüchterner Nebel stieg auf. Würde bestimmt noch frecher werden. Ein Frachter unter britischer Flagge war am Port d’Austerlitz festgemacht. Kräftige Matrosen machten sich bei dem hinterhältigen Nieselregen an Bord zu schaffen. Etwas weiter, am Pont de Bercy, drehte sich ein skelettartiger Kran auf seinem Sokkel. Wie ein Mannequin, das ein neues Kleid vorführte.

Ich hatte gerade meine Pfeife gestopft, als ich die riesigen x-förmigen Stahlträger sah, die Absperrung in der Mitte der Station *Gare d’Austerlitz*. Dahinter das Schienengewirr der

Eisenbahnlinie Paris-Orléans. Es zischte, Bremsen quietschten, die Metro stand.

Ich stieg aus.

Zwei unfreundliche feuchte Windstöße ließen weggeworfenes Papier tanzen. Der eine kam von der Seine, der andere von dem Bahnhof, der unterhalb der Metrostation liegt.

Die Zigeunerin war ebenfalls ausgestiegen. Pech für die beiden Blödmänner, die wohl doch nicht zur Salpêtrière wollten. Sie mußten sich jetzt ein anderes Opfer aussuchen, vor dem sie sich dann aufspielen konnten.

Entweder folgte sie mir, oder sie tat nur so. Na ja, eigentlich ging sie vor mir her; aber manchmal macht man das so bei Beschattungen. Trotzdem... eine Kollegin vom fahrenden Volk war's wohl nicht.

Sie bahnte sich einen Weg durch den Strom der Fahrgäste zum Metroplan, geschmeidig und graziös wie eine Tänzerin. Die allgemeine Neugier, die sie auf sich zog, ließ sie gleichgültig.

Ihr Rock wurde von dem sanften, harmonischen Wiegen der Hüften hin und her bewegt. Er blitzte unter dem etwas zu jurzen Trenchcoat hervor, stieß an die bequemen braunen Lederstiefelchen, die trotz der flachen Absätze elegant wirkten an ihren kleinen Füßen.

Sie tat so, als stiere sie den Plan. Sah aber schwer nach Schauspielerei aus.

Die Metro ruckte wieder an. Auf dem gegenüberliegenden Gleis zischte der Gegenzug heran, hielt, rollte wieder davon. Unter meinen Füßen vibrierte es. In dem Glaskasten des Stationsvorstehers läutete das Telefon.

Ich zündete meine Pfeife an.

Jetzt waren wir allein auf dem Bahnsteig. Die Leute, die mit uns ausgestiegen waren, hielten sich nicht lange auf. Die meisten wollten bestimmt zum Krankenbesuch in die Salpêtrière. Der Beamte, der damit beschäftigt war, den Bahnsteig kunstvoll zu besprengen – zum Teil den Boden, zum Teil die Füße der Leute – hatte seine Arbeit unterbrochen. Vielleicht wartete er auf einen neuen Schwung Fahrgäste.

Ich ging auf das schöne Kind zu.

Anscheinend hatte sie mich die ganze Zeit nicht aus den Augen gelassen. Denn als ich beinahe hinter ihr stand, drehte sie sich um und sah mir direkt ins Gesicht. Ich hatte nicht mal Zeit, den Mund aufzutun. Sie ging sofort zum Angriff über:

„Sie sind... Nestor Burma, stimmt's?"

„Ja. Und Sie?"

„Gehn Sie nicht hin", sagte sie, ohne auf meine Frage einzugehen. „Es ist umsonst."

Ihre Stimme klang einschmeichelnd, etwas heiser, mit 'nem Schuß müder Melancholie. Unendliche Traurigkeit, vielleicht auch eine Spur Angst, waren in ihren dunkelbraunen Augen mit dem goldenen Schimmer zu lesen.

„Wohin soll ich nicht gehen?" fragte ich.

„Da, wo Sie hingegen..."

Sie senkte die Stimme.

„... zu Abel Benoit. Es hat keinen Zweck."

Der Wind wehte eine widerspenstige Strähne über ihr Auge. Mit einer energischen Kopfbewegung warf sie ihre schwarze Haarpracht zurück. Die doppelten Ohrringe klirrten gegeneinander. Plötzlich stieg mir der Duft des billigen Parfüms in die Nase, der mich an den Brief von heute mittag erinnerte.

„Keinen Zweck?" wunderte ich mich. „Und warum nicht?"

Sie schluckte. Ihre Halsmuskeln spannten sich. Sie atmete tief durch, und der Pullover über ihrer Brust spannte sich. Leise murmelte sie drei Worte, kaum hörbar, Worte, die ich in meiner Laufbahn schon oft gehört habe, Worte, die gewöhnlich den Hintergrund meiner Abenteuer abgeben, Worte, die ich mehr erahnte als hörte. Ich ließ sie die drei Worte wiederholen. Warum, weiß ich nicht.

„Er ist tot."

Ich schwieg einen Augenblick.

Von unten klang das typische Gebimmel der Kofferwagen herauf, mit dem sich die Angestellten der S.N.C.F. Platz verschafften.

„Ach!“ begann ich schließlich die Grabrede. „Also war’s doch kein Aprilscherz!“

Sie sah mich vorwurfsvoll an.

„Wie meinen Sie das?“

„Nur so... Weiter!“

„Das ist alles.“

Ich schüttelte den Kopf.

„Nein. Entweder haben Sie schon zuviel gesagt... oder nicht genug. Wann ist er gestorben?“

„Heute morgen. Er wollte Sie sehen, aber dazu ist es jetzt zu spät. Ich... äh...“

Wieder schluckte sie mühselig und beladen.

„Vielleicht hab ich seinen Brief zu spät zur Post gebracht.“

Mechanisch griff sie in die Tasche ihres Trenchcoats – das Grab für Eilpost –, zog ein zerdrücktes Päckchen Gauloises raus, schob es aber wieder rein, ohne eine Zigarette genommen zu haben. Das erinnerte mich an meine Pfeife. Sie war ausgegangen. Ich steckte sie in meine Manteltasche.

„Sie waren das also mit dem Brief?“ stellte ich fest.

„Ja.“

„Wenn ich das richtig sehe, dann sind Sie mir von meinem Büro aus gefolgt, stimmt’s?“

„Ja.“

„Warum?“

„Weiß ich nicht.“

„Vielleicht, um zu sehen, ob ich die Einladung annehme?“

„Kann sein.“

„Hm...“

Oben an der Treppe tauchte ein Kerl auf. Er ging auf dem Anschlußbahnsteig auf und ab und beobachtete uns verstohlen.

„Hm... Seit ich bei *Bourse* in die Metro gestiegen bin, fahren wir nun schon im selben Zug. Wenn Sie doch wußten, daß er tot ist, warum haben Sie mir’s nicht früher gesagt? Warum haben Sie bis kurz vorm Ziel gewartet?“

„Weiß ich nicht.“

„Viel wissen Sie nicht grade...“
„Ich weiß nur, daß er tot ist.“
„Sind... äh... waren Sie verwandt mit ihm?“
„Er war ein alter Freund von mir. So was wie ’n Adoptivvater.“
„Was wollte er von mir?“
„Weiß ich nicht.“
„Aber er hat Ihnen von mir erzählt?“
„Ja.“
„Was?“
Sie wurde lebhafter.
„Als er mir den Brief gab, hat er gesagt, Sie wär’n Flic, aber anders als die andern, ganz in Ordnung. Ich könne Ihnen vertrauen.“
„Und? Vertrauen Sie mir?“
„Weiß ich nicht.“
„Viel wissen Sie wirklich nicht“, stellte ich wieder fest.
„Nur, daß er tot ist“, wiederholte sie achselzuckend.
„Ja. Jedenfalls behaupten Sie das.“
Sie sah mich erstaunt an.
„Glauben Sie mir nicht?“
„Hören Sie, meine liebe... liebe... Haben Sie auch einen Namen?“
Ein schwaches Lächeln huschte über ihre rote Lippen.
„Wie ’n richtiger Flic“, bemerkte sie.
„Weiß ich nicht. Ach, jetzt red ich auch schon so wie Sie. Wir müßten uns eigentlich gut verstehn. Ist das so schlimm, daß ich Ihren Namen wissen will? Abel Benoit hat Ihnen meinen schließlich auch gesagt...“
„Bélita“, sagte sie. „Bélita Moralés.“
„Also, meine liebe Bélita, ich glaub im allgemeinen nur das, was ich sehe. Wenn Abel Benoit nun nicht Ihr Freund oder Adoptivvater oder sonst was war, sondern einfach nur ein armer Schlucker, von dem man mich fernhalten will, gegen seinen Willen... oder grad wegen seinem Willen, mich zu sehen? Verstehen Sie, was ich meine? Ich mach mich auf den

Weg, Sie erzählen mir, er habe den Löffel abgegeben, und ich geh wieder nach Hause. Leider geh ich nie so schnell nach Hause. Ich bin hartnäckig. Ich beiß mich fest."

„Ich weiß."

„Ach! Endlich wissen Sie mal was!"

„Ja... Das hat er mir nämlich auch noch erzählt. Gehn Sie ruhig hin", forderte sie mich auf. Hatte wohl jede Hoffnung aufgegeben, mich vom Gegenteil überzeugen zu können. „Gehn Sie nur... Dann werden Sie ja sehen, ob ich Ihnen einen Bären aufgebunden habe, oder ob... ob er tatsächlich tot ist. Aber ich setz keinen Fuß mehr in das Haus... Warte draußen auf Sie."

„Von wegen! Ich glaube, wir zwei haben uns 'ne Menge zu erzählen. Wär doch schade, Sie aus den Augen zu verlieren! Sie werden schön mit mir gehen."

„Nein."

„Und wenn ich Sie mir unter den Arm klemme?"

Schien mir ziemlich unpraktisch. Aber drohen konnte ich ja damit.

Ihre dunklen Augen blitzten böse auf:

„Das würde ich Ihnen nicht raten."

Langsam hatte der Bahnsteig sich wieder mit wartenden Fahrgästen gefüllt. Wir wurden schon neugierig beobachtet. Einige, die uns so sahen, wie wir uns Nettigkeiten zuflüsterten, mußte sich wohl denken: ‚Wieder so 'n Doofmann, der gleich gerupft wird!' Na ja, vielleicht hatten die gar nicht so unrecht.

„Schon gut", beruhigte ich die zornige Schönheit. „Dann geh ich eben alleine. Werd Sie schon wiederfinden."

„Das wird nicht schwer sein", sagte sie höhnisch. „Ich warte auf Sie."

„Wo?"

„Vor der Salpêtre."

„Sie können mir viel erzählen", bemerkte ich lachend.

„Ich warte", wiederholte sie.

Sie war empört, richtig außer sich, daß man ihr nicht glauben wollte.

Ich drehte mich abrupt um und ging die Treppe hinunter, die nach mehreren Wendungen direkt in die Eingangshalle der Gare d'Austerlitz führt. Als ich auf dem Boulevard de l'Hôpital stand, warf ich einen Blick auf die andere Seite des Gitters.

Bélita Moralés – nehmen wir mal an, daß das ihr richtiger Name war –, kam langsam hinter mir her. Hände in den Taschen ihres offenen Trenchcoats, ihr hübsches kleines eigensinniges Gesicht herausfordernd dem Nieselregen entgegen.

Der Abstand zwischen uns wurde mit jedem meiner Schritte größer.

* * *

Die letzte Krankenschwester, der ich begegnet war, hieß Jane Russel. Und zwar in einem Film, dessen Titel ich vergessen habe. Irgendwas über blausüchtige Kinder mit Gelbsucht, Männer in Weiß und blonde Mädchen in Technicolor, bei denen einem schwarz vor Augen wurde. Jane Russel verschaffte allen Linderung, außer den Zuschauern, die sie mit heftigem Fieber alleine nach Hause gehen ließ.

Die Krankenschwester, an die ich in der Salpêtrière geriet, ähnelte in keinster Weise ihrer attraktiven Kollegin aus dem Film. Die traurige Realität sah kratzbürstig aus. Das beste Mittel gegen Liebe. Zum Abgewöhnen. Und dazu noch die Aufmachung! Die Angehörigen dieses ehrenwerten Berufsstandes können noch so sauber sein, sie erinnern trotzdem immer an schmutzige Wäsche, die irgendwie zusammengeschnürt ist.

„Entschuldigen Sie, Madame", begann ich. „Ich möchte zu einem Ihrer Patienten..."

„Rauchen verboten", unterbrach sie mich und sah mißbilligend auf meine Pfeife, die ich mir wieder zwischen die Zähne gesteckt hatte, ohne sie anzuzünden.

„Sie ist aus."

„Ach ja? Gut. Also, was wollten Sie?"

„Zu einem Patienten, Abel Benoit."

Sie spitzte ihre dünnen, blutleeren Lippen.

„Abel Benoit?"

„Saal 10, Bett 15 oder 4, genau weiß ich das nicht."

„15 oder 4? Abel Benoit?... Ach ja, natürlich..."

Sie schien sich zu fragen, ob das wirklich so natürlich war.

„Warten Sie einen Augenblick hier..."

Sie wies mit dem energischen Kinn auf einen lackierten Eisenstuhl. Dann verschwand sie in einem Glaskasten und schloß die Tür hinter sich. Ich setzte mich und zog nachdenklich an meiner Pfeife. Das Gemurmel der Besucher an den Krankenbetten drang aus dem Saal zu mir. Ein altes Mütterchen mit krummem Rücken schlurfte an mir vorbei. Von Zeit zu Zeit tupfte sie sich mit einem zusammengedrückten Taschentuch die Augen. Das matte Glas gestattete keinen Blick in das Innere des Kabuffs, von dem die Krankenschwester wie eine Aspirin verschluckt worden war. Hin und wieder warf eine der darin anwesenden Personen einen undeutlichen Schatten gegen die undurchsichtigen Scheiben. Ich wartete und wartete. Nach einer Ewigkeit öffnete sich die Tür, und heraus kam meine Krankenschwester. Wurde auch Zeit. Von diesem scheußlichen Krankenhausgestank kriegte ich so langsam 'ne dicke Nase. Ein Gemisch aus Äther, Jodoform, Medizin und Menschen auf halbem Weg zwischen Leben und Tod. Zum Kotzen!

„Abel Benoit, nicht wahr?" fragte der Engel nochmal. „Sind sie ein Verwandter?"

Ich stand auf.

„Ein Freund."

„Er ist tot", verkündete sie sachlich gleichgültig, so als hätte man ihn soeben in eine Wanne mit Tetrachlorid getaucht.

Er ist tot. Die Worte waren ihr genauso selbstverständlich wie mir. Unsere alltäglichen Begleiter.

„Mußten Sie dafür in einem Register nachsehen oder telefonieren?" fragte ich und lächelte vorsichtig.

Der Todesengel schaute noch mürrischer drein, falls das überhaupt möglich war.

„Er ist heute morgen gestorben. Mein Dienst beginnt erst mittags."

„Ach so." Ich kratzte mich am Ohr und murmelte: „Das ist ja 'ne schöne Scheiße."

„Wie bitte?"

„Ach, nichts. Wo ist die Leiche jetzt?"

„In der Leichenhalle. Wollen sie sie sehen?"

Sie schlug mir das in einem Ton vor, als mache sie Reklame für eine Ware. So in der Art: ‚Kommst du mit, Süßer? Bei mir gibt's Karbol...'.

„Wenn sich's machen läßt", antwortete ich.

Der Kerl, den ich nicht, aber der mich kannte, interessierte mich. Tot oder lebendig. Tot vielleicht sogar noch mehr. Als erfahrener Liebhaber von Tabaksaft und Spezialist für Geschichten, die so klar sind wie dicke Tinte, witterte ich eine geheimnisvolle Schweinerei.

„Folgen Sie mir!" befahl die Krankenschwester eine Spur liebenswürdiger, so als erleichterte ich ihr die Arbeit.

Im Vorbeigehn nahm sie ein marineblaues Cape aus dem Schrank, wie es sich alle Krankenschwestern über die Schulter werfen, wenn sie an die frische Luft gehen.

Draußen überquerten wir den Hof, vorbei an einer Kapelle und hinein in eine Gasse mit Kopfsteinpflaster. Rechts und links waren in Abständen die Büsten berühmter Medizinmänner aufgestellt, die hier ihre hohe Kunst ausgeübt hatten.

Anfangs waren wir einigen Leuten begegnet. Jetzt war keine Menschenseele mehr zu sehen. Wir gingen durch den Nieselregen. Die Krankenschwester legte ein strammes Tempo vor, ohne die Zähne auseinanderzukriegen.

Kurz vor dem Ziel kam ein Mann auf uns zu. Wie ein höflicher Gastgeber, der seinen Gästen auf halbem Weg entgegenkommt. Gute Figur, betont lässige Haltung, grünlicher Regenmantel, grauer Schlappgut, fürchterlich normal. Alles nur Täuschung! Auf den Lippen ein spöttisches Lächeln, die Hand zum Gruß vorgestreckt.

Ich war nicht sonderlich überrascht. Solch eine Erscheinung hatte ich mehr oder weniger erwartet. Dieser weltmännische Staatsbürger in ziviler Uniform war niemand anders als Inspektor Fabre, einer der Leute meines Freundes Florimond Faroux, Chef der Kripo-Zentrale.

„Sieh mal einer an!" rief er ironisch. „Genosse Burma! Herzlichst willkommen, Genosse Burma!"

2

Der Tote

Ich erwiderte seinen Händedruck, gab ihm seine Hand zurück und sagte lachend:

„Zum Glück bin ich kein Flic. Sonst würde ich Sie bei Ihrem Vorgesetzten verpfeifen. Was soll dieses Vokabular? Sind Sie bei den Kommunisten gelandet?"

„Die Frage wollte ich Ihnen stellen!" lachte er zurück.

„Ich bin kein Kommunist."

„Aber Sie waren Anarchist. Vielleicht sind Sie's immer noch. Für mich ist das alles eins."

„Schon lange her, seit ich die letzte Bombe geworfen hab", seufzte ich.

„Verdammter Anarcho!" lachte der Inspektor. Schien sich prächtig zu amüsieren.

„Jetzt reicht's aber, Mr. McCarthy!" sagte ich. „Schon mal was von Georges Clemenceau gehört?"

„Dem Tiger?"

„Genau dem. Oder, wenn Ihnen das lieber ist: dem Ersten Flic der Nation. So hat er sich selbst getauft. Damit Sie mir nicht länger auf den Geist gehen, sag ich Ihnen, was der Tiger irgendwann mal gesagt oder geschrieben hat. Ich zitiere aus dem Gedächtnis: ‚Wer mit sechzehn kein Anarchist war, ist ein Dummkopf.'"

„Wirklich? Das hat er gesagt, der Tiger?"

„Jawohl, mein Lieber. Wußten Sie das nicht?"

„Nein..."

Er seufzte:

„... Der Tiger..."

Automatisch sah er in Richtung Jardin des Plantes, dann wieder in meine.

„... Ihr Zitat ist unvollständig, scheint mir. Soll er nicht hinzugefügt haben: ‚... aber auch der ist einer, der mit mit vierzig immer noch einer ist‘? Oder so ähnlich?“

„Stimmt. So was Ähnliches soll er auch noch gesagt haben.“

„Und?“

Ich lächelte.

„Clemenceau hat 'ne Menge gesagt. Man soll nicht alles glauben. Ich glaub kaum was.“

„Sie sind kein kleiner Dummkopf!“ sagte er, ebenfalls lächelnd.

Ich zuckte die Achseln.

„Bin mir nicht sicher. Sie reden mit mir, als wollten Sie mir das Gegenteil beweisen.“

Die Krankenschwester hüstelte, um sich in Erinnerung zu bringen.

„H... m“, hüstelte der Inspektor.

Ein wandelndes Echo, dieser Fabre. Ich lachte – er lachte; ich lächelte – er lächelte; ich seufzte – er seufzte; der Todesengel hüstelte – er machte es ihr nach. Vielleicht, wenn ich auf einen Baum klettern würde...

„Hm... Vielen Dank, Madame. Sie können gehen“, sagte er gnädig.

Mit einem Kopfnicken verschwand sie.

„Tja“, brummte der Flic und sah ihr hinterher. „Sie wird uns für ganz schön bekloppt halten. Durch Ihre Schuld!“

„Und durch Ihre“, gab ich zurück. „Wir sind schon ein hübsches Paar, geben Sie's zu! Ach, ist doch scheißegal. Die kennen das nicht anders. Früher gab es hier nur Bekloppte. Wenn wir vor Gericht kommen, kann sie bezeugen, daß wir nicht ganz dicht sind. Kann nie schaden. Aber jetzt, genug rumgeblödelt! Wie wär's, reden wir über ernste Dinge? Worum geht's hier?“

„Ach! Nach Clemenceau kommt jetzt Foch, hm?“

„Glückwunsch! Sie sind ja belesen! Immer auf der Höhe von Klatsch und Tratsch!"

„Ja, ja", unterbrach er mich. „Hören wir auf mit dem Quatsch. Sie wollten zu Abel Benoit?"

„Ja. Und wenn ich das richtig sehe, haben Sie direkt auf mich gewartet, stimmt's?"

„So ungefähr. Kommen Sie."

Er nahm meinen Arm und schob mich auf ein kleines Backsteingebäude zu.

„Wer soll anfangen?" fragte ich. „Nach Ihrer guten Laune zu urteilen, scheint der Fall kompliziert, aber nicht ernst. Außer für den Toten natürlich."

„Weder ernst noch kompliziert", erwiderte Fabre. „Wenigstens bis jetzt. Aber nicht weitersagen, ja? Ich werf nämlich grade sauer verdiente Steuergelder zum Fenster raus. Für nichts. Amüsiere mich. Einmal ist keinmal. Das, was ich hier tu, könnte jeder Flic genausogut erledigen. Aber... Herrgott nochmal! Was treiben unsere Mörder eigentlich den ganzen Tag? Faule Bande! Wenn die weiter die Hände in den Schoß legen, werden wir alle arbeitslos in der 36. Tja, wir schlagen die Zeit tot, so gut es geht. Um unser Gehalt zu rechtfertigen, hängen wir uns an irgendwas, an kleine Überfälle zum Beispiel. Hier geht's nämlich um einen kleinen Überfall. Das Opfer mußte zwar dran glauben, sicher, aber es war trotzdem nur 'n ganz kleiner Überfall. Und daß sie das Opfer kannten, macht die Sache auch nicht viel komplizierter. Aber genau das fanden wir ganz lustig, Kommissar Faroux und ich: daß sie das Opfer kannten."

„Und deswegen haben Sie sich den Fall etwas näher angesehen. Und vor der Leiche 'ne Art Mausefalle aufgestellt, hm?"

„Routine, mein Lieber. Nur Routine. Ob Sie's glauben oder nicht: ich bin rein zufällig hier. Aber freut mich trotzdem, daß wir uns getroffen haben. Man hat schon sonst nicht viel zu lachen..."

„Und es wird noch lustiger", versprach ich ihm. „Ich kannte diesen Abel Benoit überhaupt gar nicht."

„Warum haben Sie dann nach ihm gefragt?“

„Weil er mir geschrieben hat. Ich sollte zu ihm kommen. Aber kennen kannte ich ihn nicht.“

„Aber er kannte Sie.“

„Kann sein.“

„Ganz bestimmt. Sonst hätte er Ihnen wohl kaum geschrieben. Übrigens hat er Ihre beruflichen Aktivitäten sehr aufmerksam verfolgt.“

„Ach ja?“

„Wir haben bei ihm einen Stoß Zeitungsausschnitte über Sie gefunden. Dazu alte Zeitungen, die über einige Ihrer ‚Nachforschungen‘ berichteten.“

„Ach ja?“

„Ja.“

„Heißt gar nichts. Ich hab reichlich Material über Marilyn Monroe. Von hinten, von vorne, im Profil, von oben, von unten, aber deswegen...“

„Er hat Ihnen geschrieben“, unterbrach der Inspektor.

„Woher wissen Sie, daß ich Marilyn *nicht* geschrieben habe? Also gut, wir haben uns kennengelernt. Ich red jetzt wieder von Benoit. Einer Leiche soll man nicht widersprechen. Aber wann und wo? Hm... vielleicht... Ah ja! Er war Anarchist, nicht wahr? Hat in Anarchistenkreisen verkehrt, als ich noch dazugehörte, vor hundert Jahren, in meiner verrückten Jugend, wie man so sagt...“

„Genau. Sie kapieren schnell, wenn Sie wollen. Haben Sie den Brief?“

„Im Büro gelassen“, log ich.

„Was stand drin?“

„Nichts, sozusagen“, log ich weiter. „Er nannte mich ‚Lieber Genosse‘, schrieb, er wolle mich sehen, obwohl ich 'n Flic bin. Und die Adresse hier. Die vom Krankenhaus, meine ich, nicht die der Leichenhalle.“

„Hab ich schon richtig verstanden... Hm... Das Alter hat ihn wohl gesprächig gemacht. Das Alter und seine Verletzungen.“

„War er alt?“

„Kein junger Mann mehr. Einundsechzig. In dem Alter wird man so langsam schwach. Nach dem Überfall hat er wohl seine Prinzipien vergessen. Er wollte sich an den Kerlen rächen. Kannte sie offensichtlich. Und anstatt sich an uns zu wenden, die richtigen Flics, wollte er Sie damit beauftragen. So seh ich das Ganze. Und Sie?“

Ich hob die Schultern.

„Keine Ahnung.“

„Na schön. Wollen Sie immer noch zu ihm?“

„Klar! Wenn ich schon mal hier bin... Ist vielleicht nicht mehr so interessant, aber trotzdem. Ich hasse Namen ohne Gesicht. Und um sicher zu sein, um mich nicht umsonst herbemüht zu haben und Ihnen eine Freude zu machen. Abel Benoit...“

Ich verzog das Gesicht, schüttelte den Kopf.

„Der Name sagt mir immer noch nichts.“

„War nicht sein einziger.“

An diese Möglichkeit hatte ich schon ’ne ganze Weile gedacht. Wir betraten die Leichenhalle. Der Wachposten dieses traurigen Ortes, ein Angestellter in blauem Kittel, rauchte heimlich gegen das Verbot der Direktion an. Sobald er uns erblickte, ließ er seine Kippe verschwinden und setzte ein unbeteiligtes Gesicht auf. Schien wohl Übung in derartiger Gymnastik zu haben.

„Besuch für Nr. 18“, posaunte der Inspektor fröhlich.

Dieser Benoit wechselte die Nummern wie seine Hemden. Na ja! Bald würde man ihn in Ruhe lassen... es sei denn, man numerierte ihm noch jeden Knochen einzeln, bevor er zum letzten Mal den Standort wechselte.

Wortlos machte der Angestellte uns ein Zeichen, ihm zu folgen. Er führte uns nach unten in einen mittelgroßen Raum. Dort ging er ohne Eile zu einem riesigen Kühlschrank. Aus einem der Fächer zog er einen Rolltisch hervor. Darauf lag etwas Steifes, Längliches, mit einem Laken bedeckt. Eine der Rollen quietschte auf dem Zementboden. Mir fiel ein, daß ich

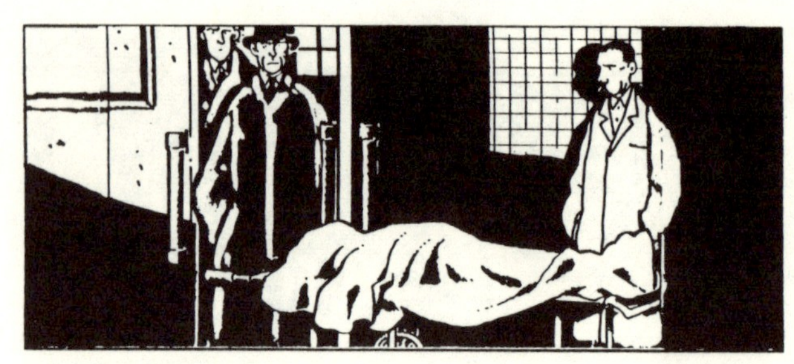

diese Lärmquelle bis jetzt nur bei den Rädern von Kinderwagen bemerkt hatte. Na ja. Am Anfang der Kinderwagen, zum Schluß die Totenbahre. So schließt sich der Kreis. Der schweigsame Totenwächter hatte wahrscheinlich nicht auf mich gewartet, um solch hochphilosophische Probleme zu wälzen. Er rollte den Tisch unter eine der vernickelten Lampen und machte Licht. Er sah uns an, um sich zu vergewissern, daß wir für die Vorstellung bereit waren. Dann, mit einer präzisen professionellen Geste, einstudiert wie ein Totentanz, schlug er den oberen Teil des Lakens zurück und entblößte so den Schädel der Leiche. Aus Angst, der Mann könnte zuviel von dem Toten zeigen, hielt Inspektor Fabre ihm schnell die Hand fest.

„Ich weiß, was ich zu tun habe, M'sieur", knurrte der Angestellte.

„Ich auch", gab Fabre kurz zurück.

Und ich auch. Wenn der Flic nicht wollte, daß ich mehr als das Gesicht der Leiche sah, dann bestimmt nicht aus Rücksicht auf meine Nerven. Auf der Brust des Toten gab es was zu sehen, das er mir im Augenblick nicht zeigen wollte: eine Tätowierung, die mich zu schnell auf eine Spur bringen würde. Diese Flics sind manchmal aber auch kompliziert!

Der Tote war ungefähr sechzig, wie Fabre schon draußen gesagt hatte. Glatze, leicht schiefe Hakennase, darunter ein weißer Schnäuzer à la Marschall Pétain. Sein Gesicht war jetzt zwar wächsern und starr, die Züge streng; aber trotz des schrägen Zinkens mußte es wohl ziemlich hübsch gewesen sein. Besonders vor zwanzig, dreißig Jahren.

„Nun, Monsieur Burma?" fragte der Inspektor.

Ich machte ein langes Gesicht.

„Hm... Als ich ihn kannte – falls ich ihn gekannt habe –, hatte er bestimmt weniger Haare auf der Oberlippe und mehr auf dem Schädel. Sie wissen doch, daß die Anarchos gerne mit Haaren wie Absalom rumliefen. Vielleicht hat er auch gelacht."

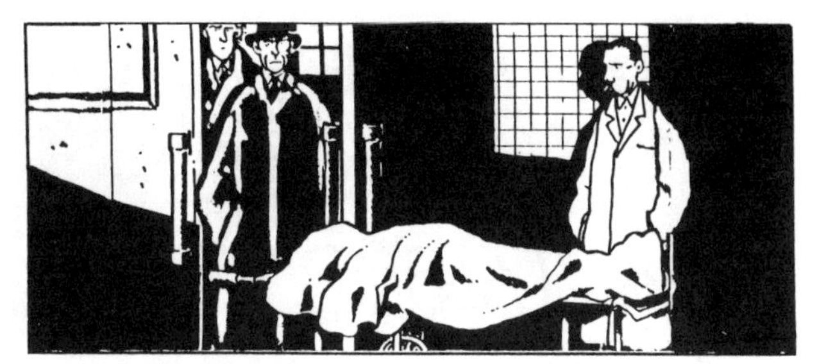

„Ja. Soll vorkommen. Im Augenblick jedenfalls sieht er ziemlich wütend aus."

„Vielleicht ist es ihm zu kalt", bemerkte ich.

Wir schwiegen 'ne Weile.

„Ich glaube, wir konnen ihn wieder reinschieben", sagte ich. „Hab den Kerl nie gesehen. Oder…"

„Ja?"

„Ich weiß nicht… Dieser Zinken…", dachte ich laut nach.

Die krumme Nase brachte mich auf krumme Gedanken.

Ich wartete darauf, daß Fabre eine Anspielung auf Kleopatra machte. Es kam nichts. So belesen war er nun auch wieder nicht.

„Hm…", machte ich wieder und beugte mich über den Toten. Dann ging ich in die Knie, um mir sein Profil anzusehen. Ich richtete mich wieder auf, ging um den Tisch herum und betrachtete sein Profil von der anderen Seite. Danach stellte ich mich stirnrunzelnd wieder dahin, wo ich vorher gestanden hatte: neben Fabre.

„Wollen Sie ihm Angst einjagen?"

„Ja. Klappt aber nicht. Haben Sie's bemerkt? Der Kerl hat zwei Profile."

„Also wirklich!" rief der Inspektor. „Eine ganz neue Erkenntnis. Wollen Sie mich verarschen, Burma? Natürlich hat er zwei Profile. Sehr witzig. Von jeder Seite eins. Wie jeder."

„Nein, eben nicht wie jeder. Wegen der Nase. Er sieht von jeder Seite anders aus. Kann praktisch sein, wenn man vor den Flics abhaun muß."

„Ja, ja. Zum Totlachen. Haben Sie einen gekannt, der diesen Vorteil hatte?"

„Ja, ich glaube… Das ist alles sehr verworren… Abel Benoit, der Name sagt mir nämlich immer noch nichts. Aber er hatte noch andere Namen, haben Sie durchblicken lassen, nicht wahr? Vielleicht einen für jedes Profil. Sagen Sie mir den zweiten. Das hilft mir bestimmt auf die Sprünge."

„Lenantais", rückte Fabre raus.

„Le Nantais? Also einer aus Nantes?"

„Stimmt, er ist in Nantes geboren. Aber Lenantais war trotzdem kein Spitzname, sondern sein richtiger. Lenantais. Ein Wort. Albert Lenantais. Komisch, aber nicht zu ändern."

Plötzlich fuhr ich hoch.

„Großer Gott! Albert Lenantais? Natürlich kannte ich ihn!"

„Sollte man nicht meinen."

„Was wollen Sie eigentlich, Inspektor? Sag ich Ihnen, ich kannte ihn nicht, unterstellen Sie mir das Gegenteil. Und jetzt, wo ich ihn als alten Bekannten identifiziere..."

Verdammt nochmal! Ich hatte nicht die geringste Lust, darüber zu diskutieren. Der Tote, der hier vor uns lag, war nicht irgendein Toter! Mich überkam plötzlich ein Gefühl, gegen das ich mich schlecht wehren konnte.

„Ein alter Bekannter, jawohl, das kann man wohl sagen", redete ich weiter, wie zu mir selbst, mit leiser Stimme. „Hab ihn vor rund fünfundzwanzig oder dreißig Jahren aus den Augen verloren. Kein Wunder, daß ich nicht sofort wußte, wo ich ihn hinstecken sollte. Hat sich verändert. Die Haare sind weg, dafür hat er 'n Schnurrbart, einen schönen weißen Schnurrbart..."

„Nur der Riecher ist derselbe geblieben", warf der Inspektor ein. „Ihr Freund fand ihn wohl schick. Jeder Schönheitschirurg hätte ihn in Nullkommanix gradegesetzt."

„Albert hielt sich weder für Martine Carol noch für Juliette Gréco. Er war ein Original."

„Zweifellos. Erzählen Sie mir was über ihn, Burma. Da wir schon mal so weit sind... Er ist tot. Ihm können weder Klatsch noch Tratsch was anhaben."

„Was soll ich Ihnen erzählen? Er war ein prima Kerl, ein Kumpel. Schuhmacher von Beruf. Deswegen hieß er auch ‚Der Schuster'. Und auch Liabeuf, obwohl er nie jemanden umgebracht hat, im Gegensatz zu seinem berühmten Kollegen."

„Stimmt genau. Die Spitznamen stehen in unserer Kartei. Also, Irrtum ausgeschlossen?"

Bevor ich antwortete, sah ich mir das strenge, leichenstarre Gesicht noch einmal ganz genau an. Sehr lange. Den Schnäuzer dachte ich mir weg. Dafür dachte ich widerspenstige blonde Haare hinzu. Anarchistenhaare. Dazu die Hakennase. Das Bild war komplett.

„Kein Zweifel“, entschied ich.

„Danke.“

„Wofür?“ frage ich achselzuckend. „Haben die Fingerabdrücke Ihnen nicht schon genug verraten? Sie alter Erbsenzähler! ’tschuldigung... Und das da?“

Ich zeigte auf die Brust unter dem Laken.

„... Ist da vielleicht eine Tätowierung? Hätte mich sofort auf die richtige Spur gebracht. Aber das wär wohl zu einfach gewesen, hm?“

„Regen Sie sich doch nicht so auf“, beruhigte mich der Flic.

„So’n Affentheater! Wollten Sie mich testen?“

„War nicht böse gemeint.“

„Ich krieg Bauchschmerzen, wenn ich Ihr geheimnisvolles Gesicht sehe. Doch, ich glaub wirklich, Sie werfen Steuergelder zum Fenster raus...“

Er überging meine Bemerkung und fragte:

„Wissen Sie noch, was die Tätowierung darstellt?“

„Tätowierung-en. Mehrzahl. Auf dem Arm ein Geldstück, und auf dem Bauch *Weder Gott noch Herr.*“

„Genau“, bestätigte Fabre kopfnickend. Und lächelnd fügte er hinzu:

„Ein Geldstück.“

Er schlug das Laken weiter zurück, bis zur Gürtellinie. Auf dem Brustkorb erschien blaßblau die subversive Inschrift. Das G von Gott war nicht mehr zu sehen. Eine schlimme Wunde von einem Messerstich hatte es gründlicher beseitigt als jeder Tätowierer. Eine weitere tiefe Stichwunde unterstrich das ‚Herr‘. Auf dem rechten Oberarm war ein Geldstück eintätowiert.

„Weder Gott noch Herr“, seufzte der Inspektor. „Nicht sehr originiell für einen Anarcho.“

„Vor allem ziemlich bescheuert", sagte ich. „Hab ich ihm damals auch gesagt, obwohl ich viel jünger war als er... sozusagen noch 'n Kind..."

„Fanden Sie den Spruch nicht gut? Ich dachte..."

„Nein, fand ich überhaupt nicht gut. Und ich find das immer noch nicht gut, diese Tätowierungen... Man muß schon ganz schön dämlich sein, um sich tätowieren zu lassen."

„Sogar Könige lassen das machen!"

„Eins schließt das andere nicht aus. Außerdem haben Könige genug zu beißen. Die können sich alles erlauben. Der hier dagegen... Sehen Sie, Inspektor, er war kein Heiliger. Jedenfalls keiner von denen, die verehrt werden..."

Ich zog das Laken wieder hoch, bis zur Glatze des Toten, die fast obszön wirkte. Der Graukittel vollendete meine Geste, präzise, sorgfältig, wie 'ne Mutter.

„... Hat sich zwar nicht ausdrücklich zur Illegalität bekannt, war aber nicht dagegen", fuhr ich fort. „Bevor ich ihn kennenlernte, war er in eine Falschgeldsache verwickelt. Deswegen meine Anspielung eben auf Fingerabdrücke. Jedenfalls ist er deshalb in den Bau gewandert. Richtig?"

„Richtig. Hat zwei Jahre gekriegt."

„Gut. Als ich ihn dann kennenlernte, hielt er sich aus so was raus. Wie gesagt, er predigte zwar nicht ausdrücklich die Illegalität – wollte niemanden bekehren, dafür war die Sache zu ernst –, aber man spürte, früher oder später würde sie ihn wieder packen. Ich war damals schon der Meinung, daß einer, der der Gesellschaft offen den Kampf angesagt hat, nicht unnötig die Aufmerksamkeit auf sich lenken sollte. Die Flics haben sowieso schon genug Möglichkeiten, einen Vorbestraften zu identifizieren. Da muß man ihnen nicht noch weitere liefern."

Der Totenwächter machte große Augen. Inspektor Fabre mußte lachen.

„Also wirklich! So jung, und schon so verdorben!"

Ich lachte ihm ins Gesicht. Jedem das Seine.

„Daran hat sich nichts geändert", sagte ich.

„Na prima. Und wo haben Sie den Vogel kennengelernt?"
„Nicht sehr weit von hier. Auch sehr lustig, hm? In den dreißig Jahren ist er nicht weit gekommen. Hab ihn in der Rue de Tolbiac kennengelernt, im Heim für Vegetalier."
„Falsch!"
„Wieso falsch?"
„Vegeta-r-ier."
„Nein, mein Lieber. Was lernt ihr eigentlich auf der Polizeischule? Vegeta-l-ier. Vegetarier essen kein Fleisch, dafür aber Eier und Milchprodukte. Vegetalier dagegen essen... oder aßen – keine Ahnung, ob die überhaupt noch leben, die ich gekannt habe – ausschließlich pflanzliche Kost, mit etwas Öl angemacht. Und das waren noch nicht mal die Schlimmsten! Einer behauptete sogar, man müsse Gras fressen, direkt von der Wiese, auf allen Vieren. Das wär das einzig Wahre."
„Im Ernst? Kaum zu glauben!"
„Aber wahr. Hab in meinem Leben schon so einige komische Vögel kennengelernt. 'ne hübsche Sammlung."
Fabre zeigte auf die starre Leiche.
„Und Lenantais? Wir wissen, daß er nicht rauchte, nicht trank, kein Fleisch aß. War das auch so'n Bekloppter?"
„Nein. Das heißt... In Ihren Augen war er vielleicht bekloppt, aber anders. Folgende Geschichte: Einmal war er fast 'n Clochard. Vielleicht auch ganz. Lebte von der Hand in den Mund..."
„... und ging zu den Hallen?"
„Das vielleicht nicht. Oder nur zu schäbigen Läden. Er aß nämlich nicht jeden Tag. Zu der Zeit war er Kassierer einer kleinen Organisation. Dazu hatte man ihn befördert, bevor er Clochard wurde..."
„Klar. Ist er mit der Kasse abgehaun?"
„Nein, eben nicht. In der Kasse waren hundertfünfzig oder zweihundert Francs. 1928 war das noch richtiges Geld. Seine Freunde hatten das Geld schon abgeschrieben. Keiner sagte was, alle dachten dasselbe, wie Sie! Von wegen! Er hat tagelang nichts gefressen, mit dem Schatz in der Tasche. Hat keinen

Sou angerührt. Das war das Geld der Organisation, von Freunden. So'n Kerl war das, der Lenantais, den ich gekannt habe!"

„Alles in allem: ein ehrlicher Verbrecher", bemerkte der Inspektor ironisch.

„Alle Menschen sind so, egal welche Überzeugung sie haben, politische, philosophische oder religiöse. Weder völlig schlecht noch völlig gut. Sie als Flic müßten das doch am besten wissen."

„Ich nenn das ‚verrückt'."

„Weil er manchmal grundehrlich war?"

„Ein Verrückter", beharrte der Inspektor. „Stimmt schon, was Sie sagen. Sie kannten und kennen nur Verrückte."

„Sie sind aber wirklich nicht nett zu Ihrem Chef, meinem Freund Florimond."

„Werde ich vielleicht zufällig gerade durch den Kakao gezogen?" fragte hinter mir eine spöttische Stimme.

Ich drehte mich um. Vor mir stand der Chef der Kripo. Ich hatte ihn nicht kommen hören. Wir gaben uns die Hand.

„Ein gewöhnlicher Überfall, oder?" fragte ich und pfiff durch die Zähne. „Für so was bemühen Sie sich jetzt schon persönlich zum Tatort? Oder wollen Sie auch nicht die Gelder der armen Steuerzahler für nichts vergeuden?"

„Das eine wie das andere", antwortete Faroux lächelnd. „Und wenn das Opfer auch noch zu Ihren Bekannten zählt, sehen wir uns den Fall besonders genau an. Die Krankenschwester hat Fabre erzählt, daß ein Kerl mit 'ner Stierkopfpfeife, von der er sich anscheinend kaum trennen mochte, zu Abel Benoit wollte. Fabre hat mich sofort angerufen. Nicht nötig, den Namen des Trauergastes zu erfahren. So viele nukkeln nicht ständig an einer Pfeife mit Stierkopf. Und außerdem wußten wir, daß der da..."

Der Kommissar zeigte auf den Toten unter dem Leichentuch.

„... sich für Nestor Burma interessierte. Fabre sollte ein wenig mit Ihnen plaudern, und ich bin schnell hergekommen, um mir das Ergebnis anzuhören."

Er reckte seinem Untergebenen fragend das Kinn entgegen.

„Glaub nicht, daß wir diesmal Ärger mit ihm haben, Chef“, meldete Fabre. „Er hat den Toten nicht sofort identifiziert. Dafür gibt's 'ne einfache Erklärung...“

„Hab ihn 1928 zum letzten Mal gesehen“, warf ich ein.

„... aber als er sich wieder erinnerte“, fuhr der Inspektor fort, „hat er mir anstandslos alles gesagt, was er über ihn weiß. Hab ihn die ganze Zeit genau beobachtet. Glaub nicht, daß er Theater spielt.“

„Das glaub ich auch nicht...“, stimmte Faroux zu.

Sehr nett!

„... aber ich möchte alle Fälle restlos aufklären, auch die unwichtigsten, in die dieser verdammte Privatflic verwickelt ist, wenn auch nur rein zufällig. Zur Sache...“

Er richtete seine grauen Augen wieder auf mich.

... Sie sagen, Sie hatten 1928 zum letzten Mal Kontakt mit Lenantais?“

„Ja. 28 oder 29.“

„Und danach?“

„Danach nichts.“

„Warum sind Sie dann hier? Haben Sie's aus der Zeitung erfahren?“

„Stand was drin?“

„Weiß nicht, kann sein. Bei den Kurznachrichten, Spalte Überfälle von Arabern. Davon gibt's genug...“

„Hab nichts in der Zeitung gelesen.“

„Lenantais hat ihm geschrieben“, erklärte der Inspektor.

„Ach!“

Faroux wollte den Brief sehen. Ich tischte ihm dasselbe Märchen auf wie seinem Untergebenen und fuhr dann fort:

„Wenn Sie die Güte hätten, mir zu erklären, worum es hier eigentlich geht? Nicht daß ich Ihnen Arbeit wegnehmen will... aber, na ja... Ich weiß nur, daß dieser Mann, den ich seit rund dreißig Jahren nicht mehr gesehen habe, ein Messer zwischen die Rippen gekriegt hat... wahrscheinlich von Nordafrikanern, wenn ich Sie richtig verstanden habe...“

Faroux nickte.

„... Ich weiß außerdem, daß er mich sehen wollte, aber nicht, warum. Schließlich bewahrte er Zeitungen oder Ausschnitte auf, die was mit meinen Nachforschungen zu tun haben. Könnten Sie mir nicht etwas mehr erzählen?"

„Sehr gerne", sagte der Chef der Tour Pointue. „Mit diesem Fall, mein lieber Nestor Burma, können Sie nicht für Ihre Agentur werben und sich über schlechtbezahlte Flics lustig machen. Also will ich mal nicht so sein. Obwohl... bei Ihnen kann man nie wissen! Dieser Brief wirft ein ganz neues Licht... Wir werden ja sehen. Das bißchen, das wir wissen, kann ich Ihnen ruhig mitteilen. Vielleicht haben Sie 'ne Idee oder so was Ähnliches..."

Er zog die buschigen Augenbrauen hoch.

„... was ich jedoch nicht hoffen will, wohlgemerkt! Weiß der Teufel, wohin uns das führt. Aber ich darf nichts außer acht lassen."

„Ich höre."

Der Kommissar blickte um sich.

„Wechseln wir das Lokal", schlug er vor. „Geht ihnen der Kühlschrank nicht auf die Nerven? Oder sind Sie nekrophil? Ich jedenfalls hasse so was. Wir haben hier nichts mehr zu suchen, oder, Fabre?"

„Überhaupt nichts, Chef."

„Verziehen wir uns an einen lustigeren Ort!"

„Finden Sie Ihr Büro lustiger?" fragte ich lachend.

„Wer hat was von Büro gesagt? Gehen wir doch in ein Bistro."

„Wär mir auch lieber. Ist nicht so offiziell. Ich brauch sowieso 'n Schluck, gegen die Gefühle."

Faroux mußte lachen. Mit weit ausholender Geste zeigte er auf Albert Lenantais, den der Graukittel wieder zurück in das Kühlfach schob. Die Vorstellung war beendet. Die Rolle quietschte. Hatte auch Durst, aber auf Öl.

„Eine seltsame Art, das Andenken Ihres Freundes in Ehren zu halten, Burma. Wo der doch nur Wasser trank..."

„Ach, er war tolerant", sagte ich achselzuckend.

3

1927 – Die Anarchisten im Vegetalierheim

Das große, breite Fenster verlieh dem Schlafsaal etwas von einem Künstleratelier. Dieser Eindruck wurde durch die Kleidung einiger Stammgäste des Hauses verstärkt: Samthosen oder Samtjacken, breitkrempige Hüte und Künstlerschleifen. Anarchisten mit wenig Geld oder „Arbeitsverweigerer", die sich auf mehr oder weniger legale Weise durchschlugen.

Man konnte nur durch die obere Fensterhälfte hindurchsehen. Der untere Teil war schmutzigweiß getüncht. Prüderie und Polizeireglement verhinderten, daß die Männer hier ihre totale oder teilweise Blöße den friedlichen und tugendhaften Bürgern zumuteten, die auf der anderen Seite der Rue de Tolbiac wohnten, in einem gutbürgerlichen Haus im Stil der Jahrhundertwende.

Einige Männer jedoch, die wahrscheinlich an besonders starker Klaustrophobie litten, hatten mit einem Messer geduldig ein kleines Loch in den milchigen Anstrich gekratzt. Wie durch einen Nebel konnte man nun sehen, was auf der Straße passierte.

Nicht daß die Gegend draußen besonders reizvoll gewesen wäre! Der junge Bursche, der sein Gesicht gegen das freigekratzte Stück Scheibe preßte, konnte nicht verstehen, warum man sich solche Mühe gegeben hatte, nur um einen Blick auf eine so trostlose Gegend werfen zu können. Dafür hatte man den Zorn der Heimleitung – sittenstrenge Theosophen! – herausgefordert und riskiert, aus diesem Unterschlupf rausgeschmissen zu werden, wo man für fünfzehn Francs wöchentlich richtig ausschlafen konnte.

Kümmerliche Akazien bogen ihre nackten Äste im Schnee-

gestöber. Der stellenweise schadhafte Bürgersteig war mit einer schmierigen Schmutzschicht bedeckt.

Eine traurige, deprimierende Gegend. Der Junge aber sah gierig aus.

Ein Mann mit schwarzem Kraushaar stellte sich neben ihn und sah ebenfalls durch das Loch.

„*Mal tiempo*", knurrte er.

Dann stieß er einen Fluch aus und legte sich wieder auf sein Bett, das er nun seit drei vollen Tagen nicht mehr verlassen hatte. Die Melancholie hatte den Spanier gepackt.

Der Junge schielte auf eine Uhr, die über einem Stoß Dekken an einer Schnur hing. Drei Uhr nachmittags, Dienstag, 15. Dezember 1927. In zehn Tagen war Weihnachten. Dem Jungen wurde das Herz schwer.

Neben dem brennenden Ofen saß Albert Lenantais, eine Broschüre in der Hand. Die blauen Augen starrten auf das Riesenfenster. Er stand auf und ging zu dem Jungen.

„Was hat der Kastilier gesagt?" wollte er wissen.

„*Mal tiempo*. Scheißwetter."

„Stimmt. Scheißwetter… "

Er preßte seine krumme Nase gegen die Scheibe.

„… Im Süden ist es wohl besser, hm?"

Er lächelte aufmunternd. Erstaunlich gesunde weiße Zähne wurden sichtbar.

„Ja", antwortete der Junge.

„Hast du die Schnauze noch nicht voll von Paris?"

„Werd wohl nie die Schnauze davon voll kriegen. Obwohl ich hier noch nie besonders glücklich war, aber… wie soll ich sagen…?"

„Ich weiß schon, was du meinst…"

Lenantais kratzte sich die schiefe Nase.

„… Eine komische Stadt…"

Er sang leise vor sich hin:

„*Paris, Paris, wunderbare, schmutzige Stadt*… Aber manchmal hat man trotzdem genug."

„Dann kann ich ja zu meinen Alten zurück", erklärte der Junge.

„Jaja, in deinem Alter geht das noch. Hast du das Fahrgeld gespart?"

„Muß wohl schwarzfahren."

„Jeder ist sein eigener Herr", stellte Lenantais achselzukkend fest und setzte sich wieder auf den Hocker neben dem Ofen. Der Junge legte sich auf sein Bett. Von dort aus hatte er die Uhr im Blick. Um vier mußte er zur Arbeit. Verdammter Schnee! Wenn es ihm in den Sinn kam, wieder so dicht zu fallen wie gestern, würde es wahrlich kein Vergnügen werden, in der Eiseskalte Zeitungen zu verkaufen. Aber man mußte schließlich leben. Er durfte sich nicht so gehenlassen wie der Spanier. Nein, das durfte er nicht. ‚Lenantais scheint nicht viel übrig zu haben fürs Schwarzfahren', dachte er. Aber wenn das stimmte, was erzählt wurde, dann hatte der Schuster zwei Jahre wegen Falschmünzerei im Bau gesessen. Der Junge überraschte sich dabei, wie er Lenantais, dem Schuster, insgeheim Fragen stellte. Sofort machte er es sich zum Vorwurf. Anarchisten stellt man keine Fragen. Der Junge hörte auf, die Uhr anzustarren, und drehte sich auf die andere Seite. Jetzt hatte er die ganze Reihe der armseligen Bettstellen im Blick. Hinten im Saal steckten drei Männer ihre langhaarigen Köpfe zusammen und diskutierten erbittert ein schwieriges sozialbiologisches Problem. Davor lag ein junger Mann auf dem Bett, verträumt, still, einsam, und rauchte selig an einer langstieligen Pfeife. Man nannte ihn den Dichter, obwohl niemand je eine Zeile von ihm zu Gesicht bekommen hatte. Der Spanier warf sich hin und her. Sein Nachbar schnarchte unter einem Plakat, das für diesen Abend die Sitzung des „Clubs der Aufständischen" ankündigte, Gewerkschaftshaus, Boulevard Auguste-Blanqui. Thema: *Wer ist schuldig? Die Gesellschaft oder der Verbrecher?* Hauptredner: André Colomer. Der Schnarchende hatte während der Nacht diese Plakate im Arrondissement geklebt, bei zehn Grad unter Null, als einzige Nahrung ein Glas Milch im Bauch. Um die Polizei zu

täuschen, hatte er eine Ecke des Plakats abgerissen. Die sollten glauben, daß an dieser Stelle die vorgeschriebenen Marken geklebt hatten und von bösen Buben abgerissen worden waren. An seinem Bett, neben einem Brotbeutel und einer mit Zeitungen vollgestopften Kiste, stand die Ausrüstung des heimlichen Plakatklebers: ein Marmeladeneimer, aus dem der Stiel eines Pinsels ragte.

Die Tür ging auf. In den Saal strömte der Geruch von Gemüse, das junge Leute mit asketischem Gesicht und leuchtenden Augen unten in der Küche putzten. Ein Mann von rund zwanzig Jahren trat ein. Seine rechte Hand steckte in einem dicken Verband. Mit einem heiseren „Salut" ließ er sich auf sein Bett ganz in der Nähe des Jungen fallen. Er löste den Verband und bewegte die steifen Finger. Weder Verletzung noch Wunde war an seiner Hand zu sehen.

„Muß das wohl wieder neu bepinseln", brummte der Mann vor sich hin.

Seine Augen hatten eine unangenehme Farbe. Graugrün, wie giftiger Belag. Auf der Oberlippe wuchs ein dünner brauner Schnäuzer. Seine fettigen Haare stanken nach Brillantine.

„Gehen mir so langsam auf den Wecker mit ihren Kontrolluntersuchungen", brummte er, immer noch zu sich selbst.

Er holte ein Notizbuch aus der Tasche und blätterte darin. Der Junge sah auf die Uhr, gähnte und stand auf. Dann zog er unter seiner Matratze einen Stoß Zeitungen hervor, zählte die unverkauften Exemplare, sortierte sie: *Paris-Soir* auf einen Haufen, *Intransigeant* auf den anderen. Der Mann mit dem Verband sah ihm zu. Sein Lächeln war genauso falsch wie seine Verwundung.

„Du lernst es auch nie, hm?" fragte er boshaft. „Verkaufst immer noch bürgerliche Zeitungen..."

„Das fragst du mich jetzt schon zum dritten Mal", erwiderte der Junge. „Erst dachte ich, du machst Spaß. Da hab ich noch gelacht. Dann hab ich dir gesagt, daß ich leben muß. Und jetzt sag ich: Scheiße!"

„Und ich sag: Friß doch, wenn du so großen Hunger hast.

Verdammt! Nennt sich Anarchist... und verkauft bürgerliche Zeitungen! Der Anarchist mit der Eisbombe!"

„Jetzt reicht's aber, Lacorre", mischte sich Lenantais ein, ohne sich von der Stelle zu rühren. Sah nicht mal von seiner Broschüre auf. „Was soll er denn machen? Bist du vielleicht 'n besserer Anarchist?"

Seine Stimme klang kühl, schneidend wie eine Messerklinge. Lenantais mochte Lacorre nicht. Instinktiv ahnte er hinter den starken Worten fehlende innere Wärme und Aufrichtigkeit.

„Allerdings", gab Lacorre zurück.

Jetzt sah Lenantais doch von seiner Broschüre auf.

„Möchte wissen, ob du überhaupt weißt, was das ist. Oh, es ist sehr einfach, irgendwann aufzukreuzen und zu sagen: Ich bin einer von euch. Ganz einfach ist das. Ganz leicht. Bei uns kann jeder kommen und gehen. Wie er will. Wir fragen nicht danach, wer er ist."

„Hätte noch gefehlt!"

„Trotzdem meine ich, ein Anarchist, das ist was anderes."

„Dann erklär mir das doch mal!"

„Für so was hab ich keine Zeit."

„Jedenfalls", sagte Lacorre, „verhält sich ein Anarchist, der seine Würde bewahrt, nicht so passiv. Er resigniert nicht wie das Jüngelchen da. Er läßt sich nicht dazu herab, diesen bürgerlichen Schund zu verkaufen. Er wehrt sich, schlägt sich durch, klaut..."

„Du sagst es!"

„Jawohl!"

„Leeres Geschwätz! Jeder kann sein Leben so leben, wie er's für richtig hält... so lange er die Freiheit des anderen nicht einschränkt. Der da verkauft seine Käseblättchen. Du simulierst Arbeitsunfälle. Jeder ist frei."

„Wenn die Rechtsbrecher..."

Lenantais stand auf.

„Laß mich doch in Ruhe mit Illegalität und Einzelaktionen", rief er. Seine schiefe Nase bebte. „Darüber dürfen so

Scheißkerle gar nicht reden, die Unfälle simulieren und Schiß haben vor der Kontrolluntersuchung bei der Sozialversicherung. Solange du noch keinen Geldboten überfallen hast, mußt du die Schnauze halten! Reden! Reden! Von euch kenne ich genug. Ihr Theoretiker könnt schön daherreden. Aber ihr bleibt brav zu Hause, und die armen Schweine machen 'ne Aktion und lassen sich schnappen."

„Soudy, Callemin, Garnier...", zählte Lacorre auf.

„Die haben bezahlt", fuhr Lenantais dazwischen. „Doppelt und dreifach. Sie haben bezahlt, und ich respektiere sie. Aber du, du armseliger Simulierer, wenn du nur etwas von dem kapiert hättest, was diese Leute wollen, dann wüßtest du, wie weit die über solchen wie dir stehen, und würdest ihre Namen nicht in den Mund nehmen!"

Lacorre lief rot an.

„Und du?" schrie er. „Hast du vielleicht auch einen Geldboten überfallen?"

„Auch ich habe bezahlt. Hab mir zwei Jahre Bau eingefangen für Falschmünzerei. Das können alle bestätigen. Bin nicht stolz drauf, aber das ist meiner Meinung nach was anderes als vorgetäuschte Unfälle."

„Dabei wird's nicht bleiben", knurrte Lacorre. „Eines Tages komm ich ganz groß raus. Dann werden wir sehen, wozu ich fähig bin. Ich kann auch Geldboten zusammenschlagen!"

„Doch, das glaub ich dir gerne", spottete Lenantais. „So intelligent, wie du bist! Würd mich wundern, wenn du das nicht hinkriegtest. Und wenn du dann einen dieser Blödmänner, die für 'n Butterbrot ein Vermögen mit sich rumschleppen, wenn du den fertiggemacht hast, wirst du eingelocht oder 'n Kopf kürzer gemacht, bevor du dir auch nur 'n Hut von dem Zaster gekauft hast! Und wofür? Ich häng am Leben. Mir die Radieschen von unten begucken oder im Bagno verfaulen, so was liegt mir nicht. Das Beste, weißt du..." Er lachte. „... Das meine ich jetzt im Ernst. Das Beste wäre, einen Geldboten zu überfallen, ohne Blut zu vergießen... und

ohne erwischt zu werden. Und dann von diesem dreckigen Geld ungestraft zu leben – falls es überhaupt Geld gibt, das auf saubere Weise erworben wird! Aber ich muß zugeben, so einen Plan kann man kaum in die Tat umsetzen."

„Kann man wohl sagen", bemerkte Lacorre ironisch. „Alles nur Geschwätz. Dummes Geschwätz. Bei euch krieg ich Bauchschmerzen."

Er stand auf und ging wütend hinaus. Geräuschvoll fiel die Tür hinter ihm ins Schloß. Sein Widersacher lachte leise. So langsam wurde es dunkel. Er drehte den Lichtschalter an. Die schwachen Birnen, die von der Decke herabhingen, verbreiteten ein gelbliches Licht. Lenantais setzte sich wieder neben den Ofen. Die langhaarigen Männer diskutierten immer noch leise, aber heftig. Sie waren zu sehr mit ihrem eigenen Streit beschäftigt, als daß sie sich für den zwischen Lenantais und Lacorre interessiert hätten. Der Dichter zog schweigsam an seiner Pfeife. Der Junge zählte und rechnete. Der Spanier und der Plakatkleber schnarchten.

Vielleicht war es an diesem Tag, vielleicht an einem anderen. Ein dünner Mann betrat den Schlafsaal. Dicker Haarschopf, Bart, die nackten Füße in Ledersandalen, in der Hand einen Knotenstock, mit dem er auf den Boden hämmerte.

„Ist Genosse Dubois nicht hier?" fragte er.

„Nein", kam von irgendwoher die Antwort.

Der Mann schnüffelte.

„Hier stinkt's", sagte er. „Stinkt nach..."

Als er den Dichter sah, brach er mitten im Satz ab, stürzte zu ihm hin, riß ihm die Pfeife aus dem Mund und feuerte sie gegen die Wand. Die Pfeife fiel auf den Boden und zerbrach. Proteste wurden laut. Lenantais ergriff das Wort:

„Genosse Garone! Das war ein autoritärer Akt, eines Anarchisten unwürdig. Willst du uns vielleicht eines Tages auch noch zwingen, auf allen Vieren Gras zu fressen? Alles andere geht gegen die Natur, das ist doch deine These, oder? Du kannst tun und lassen, was du willst. Kannst erzählen, wie schädlich der Tabak ist – ich bin übrigens Nichtraucher; aber

du mußt die Sklaven solcher Bedürfnisse, solcher Laster, durch Argumente überzeugen, nicht durch autoritäres Verhalten. Wichtig ist…"

Der Zwischenfall löste eine lebhafte Diskussion aus, die sich in die Länge zog.

Der Junge stieg an der Place d'Italie in die Metro. Er fuhr ins Zeitungsviertel in die Rue du Croissant. Hier kaufte er ein paar Dutzend Exemplare der Abendausgabe, die er im 13. Arrondissement weiterverkaufte, in der Nähe des Vegetalierheims. Um acht zählte er den mageren Verdienst und schob den Stoß der unverkauften Exemplare unter sein Bett. Dann ging er zu Fuß, auf seinen müden Beinen, zum Boulevard Auguste-Blanqui ins Gewerkschaftshaus, wo der *Club der Aufständischen* kontrovers über das schwierige Problem diskutierte: *Wer ist schuldig? Die Gesellschaft oder der Verbrecher?* Dort traf er Albert Lenantais, zusammen mit zwei weiteren Gesinnungsgenossen. Die drei waren ihm ganz besonders sympathisch, seitdem er in den Pariser Anarchistenkreisen verkehrte. Der eine, zwanzig Jahre, Deserteur, konnte jeden Augenblick geschnappt und den Militärbehörden übergeben werden. Deswegen war er nur unter dem unverfänglichen Vornamen *Jean* bekannt. Der andere war etwas älter und hieß Camille Bernis. Sie waren freundlich, unaufdringlich, mischten sich nicht in die Angelegenheiten anderer Leute… und die anderen mischten sich nicht in ihre. Sie hatten einen entschlossenen, energischen Gesichtsausdruck. Manchmal blitzten ihre Augen fanatisch. Bernis und Jean wohnten nicht bei den Vegetaliern. Aber nach der Veranstaltung im *Club der Aufständischen* kamen sie mit dorthin. Bis ein Uhr morgens saßen die vier auf einem Bett und diskutierten über die Vor- und Nachteile der Illegalität. Der Dezemberwind drückte gegen die Fensterscheiben. Das schwache Licht des Petroleumlämpchens konnte den Schlaf der anderen Genossen nicht stören. Albert Lenantais, wie immer sehr differenziert, erweckte den Eindruck, keine genaue Vorstellung von dem Problem zu haben. Nur wenn er ein großartiges Projekt im

Auge hatte, eine großartige Utopie, zum Beispiel jenes Projekt, das er am Nachmittag in großen Zügen diesem Lacorre dargelegt hatte...

* * *

Wie durch eine doppelte Lage Watte drang die unwirsche Stimme von Florimond Faroux an mein Ohr:

„Los, Burma. Sie machen vielleicht 'n Gesicht! Woran denken Sie?"

Ich schüttelte mich.

„An meine Jugend", antwortete ich versonnen. „Hätte nicht gedacht, daß das schon so lange her ist..."

4

Weitere Informationen über den Toten

Wir gingen nach draußen. Sofort stopfte ich mir eine Pfeife und zündete sie an. Ob das dem Blödmann paßte oder nicht – ich meine dem Vegetalier, der die Pfeifen anderer Leute gegen die Wand gepfeffert und auf allen Vieren Gras gefressen hatte, in das er wohl inzwischen beißen mußte – also, mir jedenfalls tat ein tiefer Zug aus meiner Pfeife sehr gut.

Kommissar Faroux war in einem Wagen der Tour Pointue gekommen. Ein Flic in Zivil wartete am Steuer auf seinen Chef. Rauchend – auch er! – betrachtete er die Waggons der Metro, die hier den Untergrund verlassen. Der Dienstwagen stand zwischen anderen vor dem Portal des Hospitals. Obwohl er sich alle Mühe gab, unscheinbar auszusehen, ragte er hervor wie die schiefe Nase des Abel Benoit-Lenantais.

Ich sah unauffällig vom Square Marie-Curie bis zur Statue von Dr. Philippe Pinel, dem Wohltäter der Geisteskranken. So wird er genannt, weil er humane Methoden bei der Behandlung dieser Unglücklichen eingeführt hat. Davor hatte man sie hauptsächlich mit Stockschlägen zu heilen versucht.

Ich warte auf Sie, hatte die Zigeunerin versprochen. Möglich, aber weit und breit war kein roter Rock zu sehen. Die Identifikation, die Diskussionen und der ganze Kram hatten lange gedauert. Die Abenddämmerung zog herauf, verstärkt noch durch einen heimtückischen Nebel. Trotzdem war es noch hell genug, daß ich die Gestalt des jungen Mädchens nicht mit einem Straßenwärterhäuschen verwechselt hätte. Bélita hatte nicht auf mich gewartet... hatte auch gar nicht die Absicht gehabt... oder aber – was wahrscheinlicher war – Florimond Faroux in seinem Polizeiwagen hatte sie ver-

scheucht. Das Mädchen gehörte einer Rasse an, die einen Flic auf hundert Meter Entfernung riecht.

Inspektor Fabre setzte sich neben den Chauffeur, Kommissar Faroux und ich nahmen im Fond Platz.

„Wo kann man am besten trinken und reden, Burma?" fragte Faroux. „Sie kennen sich doch in Bistros aus..."

„Das haben Sie bestimmt aus Polizeiberichten, hm?" knurrte ich. „Soll ich Ihnen mal sagen, was ich von Polizeiberichten halte? Nein? Auch gut. Also... Da ich schon mal auf 'ner Reise in die Vergangenheit bin, gehen wir doch zu Rozès, Place d'Italie. Hab die Croissants dort noch in guter Erinnerung."

„O.k. Place d'Italie, Jules", gab der Kommissar Anweisung. „Nestor Burma hat Hunger."

Wir fuhren zwischen den Eisenträgern der überirdischen Metro hindurch auf den Boulevard de l'Hôpital.

„Ich hab keinen Hunger", stellte ich richtig. „Ich denk nur an die Croissants. Davon hab ich nämlich oft drei oder vier zum Milchkaffee an der Theke gegessen und hinterher nur eins bezahlt."

„Warum erzählen Sie mir das?" fragte Faroux nicht ohne Sympathie. „Meinen Sie nicht, daß Ihr Ruf auch so schon schlecht genug ist?"

„Heutzutage ist 'n schlechter Ruf Gold wert. Meiner ist noch nicht schlecht genug. Ich erzähl das, weil ich mich in meine Jugend zurückversetzt fühle. Ist schon lustig, daß ich in Polizeibegleitung an den Ort meiner Untaten zurückkehre..."

„Lang, lang ist's her", sagte Faroux.

„Ja, das Lied kenne ich. Alles schon verjährt."

„Lenantais' Tod hat Sie wohl ziemlich mitgenommen, was? Ihre Croissants-Klauerei ist mir scheißegal. Sie wissen doch, das mit der Verjährung ist nichts als Augenwischerei. Für schwere Fälle gilt sie praktisch nicht. Unsere Akten werden sozusagen nie geschlossen. Ein Mörder, zum Beispiel, wiegt sich in Sicherheit und wird dann doch wieder an unange-

nehme Dinge erinnert, viele Jahre nach dem Verbrechen. Und wissen Sie, wann das passiert? Wenn ein Flic nicht lockerläßt, weil eine Rechnung noch nicht beglichen ist. Ein nicht abgeschlossener Fall macht er zu seiner persönlichen Sache. Um so mehr, weil er mit Hohn überschüttet wird. Und ein Mißerfolg, nur ein einziger, ist 'ne verdammte Scheiße. Viele lachen drüber, aber nicht alle. Er brütet und brütet, immer auf der Suche nach einem klitzekleinen Indiz, das ihn rächen könnte. Denn inzwischen geht es um Rache, um persönliche Genugtuung."

„Wie beim alten Ballin", warf Inspektor Fabre ein, der seinem Chef anscheinend aufmerksamer zuhörte als ich.

Ich wollte gar nicht wissen, wer Ballin war. Wahrscheinlich nicht die ehemalige Schauspielerin, Vorname Mireille. Also konnte 's mir egal sein. Aber Faroux ging drauf ein:

„Ballin, ja. Ach, der Fall könnte sich in dieser Gegend abgespielt haben. So genau weiß man das nicht. Jedenfalls hat das den Ärmsten um den Verstand gebracht. 1936 ist ein Geldbote samt Geld in der Nähe des Pont de Tolbiac spurlos verschwunden, wie durch ein Wunder. Ballin hat sich in der Luft zerrissen, aber alles für die Katz. Mit seiner Gesundheit ging's bergab. Das hat natürlich nicht dazu beigetragen, daß er die darauffolgenden Fälle brillant lösen konnte. Immer noch suchte er des Rätsels Lösung. Er verblödete nach und nach. Als der Krieg ausbrach, suchte er immer noch. 41 schickten ihn die Deutschen in ein Konzentrationslager. Er hat's überlebt, war aber völlig am Ende. Jetzt ist er pensioniert, schon lange. Aber bei uns behaupten einige Kollegen, daß er immer noch sucht."

„Wenn sie meine Meinung hören wollen, Chef", mischte sich Fabre wieder ein, „ich meine, man kann auch übertreiben mit dem Pflichtbewußtsein."

„Er ist verrückt! Das ist die einzige Erklärung. Wir sind nicht der Liebe Gott. Können auch nicht alles wissen. Aber bleiben wir im Arrondissement. Eine weitere Reise in die Vergangenheit: der Fall Barbala. Erinnern Sie sich? Suzanne Bar-

bala, elf Jahre. Man hat ihre sterblichen Überreste zerstückelt unter der Bühne des Madelon-Kinos gefunden, in der Avenue d'Italie. Das war 1922. Der Mörder ist nie gefaßt worden. Na ja... das sind so alte Geschichten... nur um was zu erzählen, ohne was zu sagen."

„Ja, macht sich gut", sagte ich. „Nett von Ihnen, daß Sie mich unterhalten."

Der Kommissar zuckte die Achseln.

„Ich merke doch, daß Lenantais' Tod Ihnen an die Nieren geht, Burma. Sie sollen sich erholen, das ist alles."

„Es ist nicht so sehr sein Tod. Aber ihn nach so langer Zeit wiederzusehen..."

„Bleibt sich gleich."

„Tja, 'ne traurige Geschichte... Scheißgegend hier! Werd ich nie erleben, daß hier die Sonne scheint?"

Wir fuhren auf die Place d'Italie. Ein schäbiger Nebel hing in den kahlen Ästen der Bäume in der Mitte des Platzes und auf den Seitenstreifen. Einige Schatten huschten eilig auf den Boulevard de l'Hôpital. Die Cafés waren schon erleuchtet. Über der verglasten Terrasse der Brasserie Rozès blinkten Neonlichter. Die Autos im Kreisverkehr zischten auf dem nassen Pflaster und bogen dann in den Boulevard Auguste-Blanqui ein.

Unser Chauffeur-Flic parkte den Dienstwagen am Anfang der Rue Bobillot. Wir gingen in das einladende Bistro. Jules setzte sich zu den zahlreichen Gästen an die Theke. Nach dem, was ich eben erzählt hatte, wollte er vielleicht die Freunde preiswerter Croissants bespitzeln.

Wir anderen suchten uns einen Tisch möglichst weit weg vom Eingang. Bis auf ein Liebespaar, das uns überhaupt nicht beachtete, war der Laden leer.

Nur von der Theke her hörten wir den üblichen Lärm: Stimmengewirr, aneinanderstoßende Gläser, Spektakel eines Flippers. Der Junge, der das Gerät bearbeitete, kümmerte sich 'n Dreck um die Gefahr eines *tilt*. Aus der Musikbox dröhnte die Stimme von Georges Brassens: *Gare au gorille*. Nicht

schlecht als Hintergrund für ein Gespräch über einen alten Anarchisten!

Der Kellner brachte mir einen Aperitif, dem Kommissar einen dampfenden Grog und dem Inspektor ein Mineralwasser. An dem waren die Vegetaliergeschichten nicht spurlos vorbeigegangen.

„Ist zwar nicht vorschriftsmäßig“, begann Faroux, „einen Fall hier im Bistro durchzusprechen. Aber ich glaube, der Überfall auf Lenantais gehört zu den vielen gewöhnlichen Verbrechen, die hier begangen werden. Also kann ich die Vorschriften mal vergessen... zumal Sie unbedingt eine Stärkung brauchten, Burma...“

Ich machte eine lässige Handbewegung.

„Also gut. Nun...“

Der Kommissar drehte sich eine Zigarette.

„... Wir wollen uns nicht mit Lenantais' Ideen aufhalten. Er war das, was er sein wollte: Anarchist, Geldfälscher, Pechvogel usw. Aber seit einigen Jahren hat er sich ziemlich rausgehalten. War nicht mehr aktiv, hatte keinen Kontakt zu politischen und philosophischen Gruppierungen. Hat sich eine unabhängige Existenz aufgebaut. Was trieb er Ihrer Meinung nach, Burma?“

„Keine Ahnung“, sagte ich. „Er war mal ein erstklassiger Schuster. Hat er sich vielleicht selbständig gemacht?“

„Nein. Wahrscheinlich konnte er das Geld für die nötige Ladenmiete nicht aufbringen. Das heißt, einen Laden gab es wohl...“

„Eher ein Schuppen“, stellte Fabre richtig.

Faroux nickte:

„Stimmt, eher ein Schuppen... ein Lager... Daraus hätten er zwar einen Laden machen können, aber...“

Faroux verzog das Gesicht, daß sich die Schnurrbarthaare sträubten.

„Passage des Hautes-Formes“, sagte er. „Wohlgemerkt, ich will die kleine Straße nicht schlechtmachen...“

„Ein so schöner Name“, warf ich ein.

„Ja, ganz passend für einen Schuhmacher..."
„Noch besser für einen Hutmacher. Wo ist die Straße?"
„Zwischen der Rue Nationale, Ecke Rue de Tolbiac, und der Rue Baudricourt. Nicht häßlicher als andere Gegenden. Nur die Rue des Hautes-Formes selbst ist ziemlich verkommen. Dazu steht noch ein Schild ‚Sackgasse' da. Das bewegt die Leute nicht dazu..."
„... sich in die Straße zu bewegen."
„Genau. Kurz und gut, ich kann mir in diesem düsteren Gang unter freiem Himmel kaum einen gutgehenden Laden vorstellen. Vielleicht wollte unser Tote den Versuch auch nie wagen. Kunden können einen ganz schön tyrannisieren. Und als Angestellter unter irgendeinem Chef..."
„Das kam nicht in Frage!"
„Natürlich nicht. Wir haben erfahren, daß er hier und da mal 'n Paar Schuhe gemacht hat. Aber seine Haupteinnahmequelle waren... Raten Sie mal, Burma!... Lumpen! Er war Lumpensammler. Lumpensammler und Schuster. Diese gelungene Mischung brachte ihm genug ein für seine bescheiden Bedürfnisse. Und vor allem war er vollkommen frei. Hat alten Plunder gesammelt, gekauft, verkauft... na ja, er kam ganz gut zurecht. War sein eigener Herr. Das Hauptproblem hatte er also mehr oder weniger gelöst. Haben Sie seine Klamotten gesehen, im Hospital?"
„Nein", antwortete ich.
„War auch nicht unbedingt nötig. Es waren ganz gute Sachen, nicht luxuriös, aber auch nicht die Klamotten von Clochards..."
Lumpensammler! Mir kam eine Idee. Aber egoistisch behielt ich sie für mich. Immer noch der anarchistische Individualismus! Faroux schien jedoch meine Gedanken zu erraten. Wie ein Echo darauf sagte er:
„Wir untersuchen gerade, ob er nicht nebenbei auch noch Hehler war. Glaub ich aber nicht. Die meisten Hehler haben wir in der Kartei. Auch die kleinen. Gegen Lenantais – oder besser gesagt, gegen den Lumpensammler Abel Benoit – lag

nie etwas in dieser Richtung vor. Gut. So lebte er also, frei und unabhängig, wie es im Lied heißt. Wenn auch nicht im Überfluß, so doch recht anständig, wenn man seine einfachen Bedürfnisse berücksichtigt. Das wären also die Angaben über Ihren alten Freund. Kommen wir jetzt zu seinem unseligen Ende..."

Der Kommissar drückte die Zigarette aus und trank seinen Grog.

„... Vor drei Tagen wurde er auf der Straße überfallen. Nachts. Nordafrikaner, wie er sagte. Sie stachen ihn nieder und nahmen seine Brieftasche mit. Er schleppte sich mühsam nach Hause und rief seine Nachbarin zu Hilfe. Eine Zigeunerin oder so was Ähnliches."

„Seine Nachbarin... oder so was Ähnliches", warf Inspektor Fabre ein.

„Jedenfalls wohnt sie in einer Baracke direkt neben ihm. Glaub nicht, daß er mit ihr 'n Verhältnis hatte. Dafür war er zu alt. Obwohl... bei diesen Anarchisten ohne Vorurteile kann man nie wissen."

„Sechzig ist noch nicht alt", widersprach ich, weil ich an meine Zukunft und an Sacha Guitrys Vergangenheit dachte.

„Ich rede auch nicht von seinen Möglichkeiten", erklärte Faroux lächelnd, „sondern von dem Altersunterschied. Die Kleine ist zweiundzwanzig. Da liegen rund vierzig Jahre dazwischen."

„Stimmt. Also, das Mädchen?"

„Konnte nichts für ihn tun. Seine Verletzung war ernst. Ist ja auch dran gestorben..."

„Ich dachte, diese Zigeuner verfügen über geheime Heilkräfte, Balsam, Zauberformeln, Geheimrezepte!"

„Kann schon sein. Aber die hier anscheinend nicht. Eine moderne Zigeunerin eben. Hat sich von ihrem Volk gelöst, und bestimmt auch von dem übrigen Kram wie Zauberformeln und Geheimrezepten. Jedenfalls hat sie Lenantais in dessen Wagen gepackt – eine alte Karre, die er für seine Sammlerei

brauchte – und ihn in die Salpêtrière gefahren. Unsere Kollegen aus dem Bezirk sind alarmiert worden...“

„Moment“, unterbrach ich ihn. „A propos Bezirk. Warum hat sie ihn in die Salpêtrière gebracht? Gibt es kein Krankenhaus, das näher an dieser Rue des Hautes-Formes liegt?“

„Das Hôpital Lannelongue. Aber sie ist nun mal in die Salpêtrière gefahren.“

„Warum?“

„Hat keinen Grund genannt. Einige Krankenhäuser sind eben bekannter als andere. Ihr ist wohl sofort die Slapêtrière eingefallen. Nun, die Kollegen haben sich also für den Fall interessiert, bei Benoit-Lenantais zu Hause rumgeschnüffelt. Er machte auf sie einen mysteriösen Eindruck, verstehen Sie?“

„Nein“, sagte ich. „Macht aber nichts. Weiter.“

„In dem Viertel wimmelt es von Arabern, mein Lieber. Man weiß nicht, wer für und wer gegen uns arbeitet. Deswegen werden nächtliche Überfälle genauer als anderswo unter die Lupe genommen. Vor allem, wenn sie von Nordafrikanern begangen werden.“

„Ah ja! In der Kolonie rumort es mächtig. Fellaghas & Co, hm?“

„Genau. Mal schlägt ein Mohammedaner einen Araber zusammen, der Wein trinkt...“

„Womit wir wieder beim Vegetalierheim wären“, lachte Inspektor Fabre.

„Sie müssen ganz still sein“, sagte ich zu ihm. „Sonst bestell ich Ihnen noch ein Mineralwasser.“

Darauf fiel ihm nichts mehr ein.

„Dann wieder“, fuhr Faroux fort, „wird ein islamischer Hotel- oder Kneipenwirt von den ‚Eintreibern‘ des F.L.N. erpreßt. Gleichzeitig verschaffen sich dieselben ‚Eintreiber‘ – oder pfiffige Opportunisten, die überall mitmischen – Geld aus einem anderen Kanal. Hier 'n kleiner Überfall, da 'n kleiner Übefall, einschließlich Entwendung der Brieftasche.“

Inspektor Fabre dachte bestimmt, daß wir uns jetzt der

früheren Lieblingsidee gewisser Anarchisten näherten. Er sagte aber nichts.

„Kurz und gut", fuhr Faroux fort, „alles, was mit Arabern zu tun hat, wird von uns nach Strich und Faden untersucht. Lenantais, zu dem Zeitpunkt für uns noch Abel Benoit – in seiner Tasche fanden wir einen Ausweis auf diesen Namen – Lenantais also war ziemlich geschwächt und veranstaltete einigen Hokuspokus. Trotzdem, er hat ausgesagt, daß er von Arabern überfallen und ausgeraubt worden sei. Außerdem stolperten die Kollegen über seine subversive Tätowierung. Sie dachten an eine Abrechnung zwischen Politischen. Daraufhin schnüffelten sie in seiner Bude rum. In seinem Trödelkram fanden sie 'ne Menge revolutionäres Propagandamaterial von früher. Anarchistische Zeitungen, die schon seit langem nicht mehr erscheinen, Broschüren, Plakate, Bücher usw. Das Neuste stammte von 37 und 38 und bezog sich auf den Spanischen Bürgerkrieg. Der schien wohl das Ende seiner militanten Karriere eingeläutet zu haben. Na ja, dann noch eine letzte Entdeckung: sorgfältig abgeheftete Unterlagen, in denen auch von mir die Rede ist."

„Von Ihnen?"

„Ja, von mir. Und von Ihnen. Ein Aktenordner mit Zeitungsausschnitten des *Crépuscule*, in denen Marc Covet über Ihre Nachforschungen geschrieben hatte. Natürlich kam auch mein Name darin vor. Der zuständige Kommissar hat mir den Kram zukommen lassen, zusammen mit den Fingerabdrücken des Schwerverletzten. Die hat er sofort machen lassen, stellen Sie sich das vor! Ein Anarchist, wie interessant!... Er wollte wissen, wie wichtig er den Fall nehmen müsse und ob wir nichts über Abel Benoit hätten. Wir wußten, daß er 1920 unter seinem richtigen Namen Lenantais wegen einer Falschgeldsache verknackt worden war. Außerdem war er lange beim Geheimdienst als militanter Anarchist registriert gewesen. Fanatisch und gefährlich. Wie ich eben schon sagte: Ich lasse keinen Fall, auch nicht den unwichtigsten, im Sande verlaufen, in dem Ihr Name auftaucht. Die Geschichten mit

Ihnen haben meistens unerwartete Fortsetzungen. Mag sein, daß ich mich diesmal irre, obwohl... dir Brief... Möchte wissen, mit welcher Absicht der inzwischen offensichtlich abgekühlte Revolutionär eine so umfassende Akte über Sie angelegt hatte. Und dann kenn ich ja auch Ihr Vorleben ganz gut. Hab mir gedacht, das könnte einer Ihrer zweifelhaften Jugendbekanntschaften sein. Interessiert sich aus irgendeinem undurchsichtigen Grund für Ihre Laufbahn..."

Gefährlich! Fanatisch! Abgekühlt! Zweifelhaft! Undurchsichtig! Dieser Florimond hat aber auch ein Vokabular im Programm!

„... Ich hielt es für unnötig, Sie sofort zu unterrichten. Schließlich hat jeder das Recht, Zeitungsausschnitte zu sammeln. Vielleicht hatte das gar nichts zu bedeuten. Der Kerl mußte nicht unbedingt was mit Ihnen und Sie nicht unbedingt was mit der Sache zu tun haben. Nur nicht unnötigerweise Staub aufwirbeln! Sie kommen mir schon oft genug in die Quere, ohne daß ich Sie darum bitte. Ich nahm mir also vor, mir den Kerl erst mal selbst vorzunehmen. Dann wollte ich weitersehen. Aber nachdem sich sein Zustand zunächst gebessert hatte, ging's ihm plötzlich schlechter. Und heute morgen kriegen wir die Nachricht, daß er sich für immer verabschiedet hat. Ich hab Fabre ins Hospital geschickt, und... jetzt sitzen wir hier."

Der Kommissar atmete tief durch. Wurde auch Zeit. Wir schwiegen 'ne Weile. Schließlich fragte Faroux:

„Was halten Sie von der Sache, Burma?"

„Nichts", antwortete ich. „Gut, ich habe Lenantais früher mal gekannt. Aber das ist schon lange her. Inzwischen ist er ein Unbekannter für mich. Aber... hm... Zerbrechen wir uns nicht den Kopf wegen einer alltäglichen Zeitungsmeldung, Spalte Vermischtes?"

„Alltäglich war der Fall, ja. Hoffentlich ist er's immer noch. Denn da ist dieser Brief. Trotz seines Gesundheitszustandes hat er's geschafft, Sie zu benachrichtigen. Und schon ist die Alltäglichkeit zum Teufel! Pech für Sie, Burma, daß er erst

vom Sterbebett aus Kontakt zu Ihnen aufgenommen hat, mit Messerstichen zwischen den Rippen! So hängen Sie mit drin in der Brühe."

„Ich weiß nicht, welche Brühe Sie meinen", sagte ich achselzuckend. „Sie machen aus einem Furz 'n Erdbeben. Scheint 'ne Berufskrankheit zu sein... Aber ich glaube, der Inspektor..."

Ich zeigte mit den Stierhörnern meiner Pfeife auf Faroux' Hilfspfadfinder.

„... hat eine Theorie."

Die Schnurrbarthaare des Kommissars richteten sich auf Fabre.

„Ja", sagte der Flic zweiter Garnitur. „Araber oder nicht... Aber warum keine Araber? Hat sich wohl lange bitten lassen, aber dann ist er damit rausgerückt... Also, Araber oder nicht, Lenantais kannte die Männer, die ihn überfallen hatten. Er war immer noch Anarchist genug, um sich rächen zu wollen. Allerdings wollte er die Polizei dabei raushalten. Hat sich gesagt, sein alter Genosse Nestor Burma könnte das für ihn erledigen."

„Möglich", äußerte Faroux, nachdem er sich's überlegt hatte. Dann runzelte er die Stirn. „Der Unglücksmensch hätte an den Präsidenten der Republik schreiben können oder an den Polizeipräfekten. Wär mir scheißegal. Aber ausgerechnet an Nestor Burma..."

„Mein Name wirkt immer so auf Sie. Vielleicht tun Sie mal was gegen diesen Tick?"

„Ja, Sie haben recht. Er vernebelt mir das Hirn, und dann kommt nur dummes Zeug raus."

„Jedenfalls kann ich Ihnen nicht weiterhelfen. Was ich weiß, hab ich von Ihnen gehört."

„Na schön, lassen wir's dabei." Er sah auf seine Armbanduhr. „Verdrücken wir uns, Fabre. Bin schon viel zu lange unterwegs. Die in der Zentrale werden sich schon wundern, wo ich geblieben bin. Wegen Nestor Burma will ich mir die Karriere nicht versauen."

„Verdrücken wir uns“, sagte Fabre, das Echo.

Genießerisch fügte er hinzu:

„Vielleicht ist inzwischen eine zerstückelte Frauenleiche gefunden worden...“

„Dann müssen Sie sofort nachsehen, ob sie einen Wisch für mich in der Hand hat“, sagte ich lachend. „Wenn ja, könnten wir uns wieder zu 'ner netten Plauderei treffen.“

„Übrigens“, erinnerte mich Faroux, „den Brief möchte ich demnächst ganz gerne mal sehen.“

„O.k.“

Der Kommissar rief den Kellner und zahlte. Auf dem Weg zum Ausgang holten wir Jules von der Theke ab. Ich begleitete das Trio zum Dienstwagen in die Rue Bobillot.

„Ich fahr direkt ins Büro“, sagte Faroux. „Kann Sie irgendwo absetzen, aber nicht vor Ihrer Agentur.“

„Ich nehm die Metro... oder ein Taxi.“

„Gut. Wiedersehn.“

„Wiedersehn.“

Jules startete, und die drei Flics „verdrückten“ sich. Nachdenklich ging ich zurück zu Rozès. Dort ließ ich mir eine Telefonmarke geben, um beim *Crépuscule* anzurufen. Zuerst bekamen meine Ohren eine blonde Stimme zu hören, dann die eines kaugummikauenden oder zahnarztgeschädigten Kollegen meines Freundes Marc Covet. Endlich dröhnte der allesschluckende Journalist sein „Hallo“ in die Muschel.

„Einen kleinen Gefallen“, bat ich. „Sehen Sie nach, was der Zuständige für überfahrene Hunde in den letzten Tagen über das 13. Arrondissement zusammengeschmiert hat. Zwischen den Dreizeilern muß was über einen Lumpensammler namens Abel Benoit stehen. Richtiger Name: Lenantais. Wurde von Arabern überfallen, zusammengeschlagen und ausgeraubt. Nehmen Sie sich die Nachricht vor und fabrizieren Sie einen Artikel über dreißig Zeilen. Und passen Sie auf, daß er auch gedruckt wird.“

„Ist das der Anfang von etwas?“ fragte Covet neugierig.

„Schon das Ende. Der Kerl ist schon abgekratzt. Seinen

Verletzungen erlegen, wie's so schön heißt. Hab ihn gekannt, vor einer Ewigkeit."

„Und jetzt sorgen Sie posthum für Publicity?"

„Der hat bestimmt keinen Wert drauf gelegt, in der Zeitung zu stehen. Ein ganz Bescheidener."

„Also mißachten Sie seinen letzten Willen, hm?"

„Kann schon sein."

Ich legte auf. Die Telefonkabine befand sich direkt neben dem stillen Örtchen. Genau das richtige für mich. Ich schloß mich dort ein und las Lenantais' Brief zum letzten Mal. Dann zerriß ich ihn und schickte die Schnipsel mit der Wasserspülung auf große Fahrt. Wenn Florimond Faroux den Brief jetzt noch lesen wollte, hätte er sich schon als Kloakentaucher verkleiden müssen. Ich stellte mich an die Theke, genehmigte mir noch ein zusätzliches Glas und verließ das Bistro. Gleich nebenan kaufte ich mir einen Stadtteilplan. Nachdem ich ihn gründlich studiert hatte, ging ich die Avenue d'Italie hinunter.

Jetzt war es schon beinahe stockdunkel. Ein leichter Nebel lag über der Gegend. Kalte Tropfen fielen von Ästen und Vordächern, wo sie auf ein Opfer gewartet hatten. Die Leute eilten durch die Avenue, Kinn auf der Brust, so als schämten sie sich. Hin und wieder fielen die Lichter eines Bistros auf den Bürgersteig. Sie verhießen Wärme, Alkoholgeruch und Musik aus dem Automaten.

Pfeife im Mund, die Hände tief in den Taschen meiner kuscheligen Winterjacke vergraben, stapfte ich in waserabweisenden Schuhen mit dicker Sohle über das Pflaster. Ich empfand ein seltsames Hochgefühl, vermischt mit einem ebenso seltsamen Nachgeschmack. Wie oft war ich hier entlanggeschlurft! Sicher, von Zeit zu Zeit war ich jetzt auch mal wieder blank. Öfter als mir lieb war! Aber das war doch gar kein Vergleich zu früher. Seither hatte ich einen langen Weg zurückgelegt. Da war ich sicher nicht der einzige. Jeder macht seinen Weg, in die eine oder andere Richtung. Vor allem in die andere. Was hatte Lenantais dazu veranlaßt, mich an längst

vergangene Zeiten zu erinnern? Irgendetwas sagte mir, daß er das nicht hätte tun sollen.

An der Rue de Tolbiac nahm ich die 62, Richtung Cours de Vincennes. An der nächsten Haltestelle stieg ich wieder aus.

Die ziemlich abschüssige Rue Nationale fällt zur Rue de Tolbiac ab. Kurz davor geht es links in die Rue des Hautes-Formes, so wie's Faroux gesagt hatte.

Hier sah's noch aus wie unterm *Ancien Régime*. Das holprige krumme Pflaster konnte mit dem besten Schuhwerk und dem stabilsten Gleichgewicht schnell fertigwerden. Im Rinnstein stand das Schmutzwasser. Im Laternenlicht sah's aus wie ein Tümpel bei Mondschein. Durch meine zögernden Schritte (ich hatte Angst, mich auf die Nase zu legen!) fühlte sich eine Straßenkatze in ihrer Meditation gestört. Sie sprang aus dem Schatten über die Gasse und verschwand hinter der übriggebliebenen Mauer eines verfallenen Hauses. Rue des Hautes-Formes! Zylinderpassage! Hut ab! Links und rechts nichts als bescheidene bis beschissene Baracken, mit einer, selten zwei Etagen. Manchmal direkt an der Straße, meistens ein kleiner Garten davor, oder, besser gesagt, ein Vorhof. Irgendwo plärrte ein Radio. Ein eifersüchtiges Gör versuchte, noch lauter zu plärren. Davon und vom Verkehrslärm der Rue de Tolbiac abgesehen, keine Menschenseele. Ich bemerkte zwei Holztore nebeneinander, die den Zugang zu zwei Schuppen versperrten. Das eine Tor hatte abweisende Eisenbeschläge. *Laguet, Lumpen und Altpapier*, war mit Teer draufgeschmiert. Lenantais hieß schon Benoit. Er konnte nicht auch noch Laguet heißen. Hoffte ich jedenfalls. Ich ging zum Nebentor. Hier war ich richtig. *Benoit, Lumpen, Altmaterial*. Die Flics hatten es nicht mal für nötig gehalten, die Lager-Wohnung des Lumpenhändlers zu versiegeln. Ich rüttelte an dem Tor. Geschlossen! Das Schloß hatte nichts Furchteinflößendes an sich. Aber ich wollte es trotzdem nicht knacken. Sicher, die Straße war menschenleer. Nun hab ich aber so meine Erfahrungen mit menschenleeren Straßen... Man braucht nur was Unübliches in Angriff zu nehmen, und schon

tauchen wie durch ein Wunder Zuschauer auf. Das Wunder wollte ich nicht erleben. Übrigens konnte ich Lenantais' Baracke immer noch besichtigen, falls es nötig sein sollte. Ich war eher in der Hoffnung hierher gekommen, die junge Zigeunerin wiederzutreffen. Anscheinend lag ihre Wohnung direkt neben der meines toten Genossen. Ich ging ein paar Schritte weiter. Hinter einem verfallenen Mäuerchen sah ich einen schmalen Hof, und dahinter ahnte ich ein Häuschen mit einer Etage. Durch den Nebel schimmerte ein Licht. Ich stieß das Eisentörchen auf. Es quietschte gar nicht mal so laut. Problemlos ließ sich die Haustür öffnen, und schon war ich drin. Mir stieg der Geruch von verwelkten, wenn nicht verfaulten Blumen in die Nase. Ein Mordsgestank von verwesenden Chrysanthemen. Ich sah nach oben. Keine Treppe. Man mußte über eine Leiter klettern, um in die erste Etage zu gelangen. Das obere Ende der Leiter verschwand in der Öffnung einer Falltür, durch die sich Licht nach unten ergoß. Unten an der Leiter stapelten sich Kisten und einer dieser großen Weidenkörbe, wie sie die Blumenmädchen auf der Straße mit sich tragen.

Ich mußte nicht erst horchen, um festzustellen, daß oben jemand war. Dieser Jemand erging sich in Flüchen und wüsten Beschimpfungen. War wohl verdammt wütend. Lautlos näherte ich mich der Leiter. Oben stöhnte der Holzfußboden unter schweren Schritten. Der Wüterich holte Luft. Ich hörte einen scharfen Knall, wie aus einem Schießeisen. Dann folgte dumpfes, ersticktes Jammern.

Ich rühte mich nicht vom Fleck.

Jetzt wurde wieder geflucht und geschimpft. Dann, wohl zur Unterstützung, ein zweiter kurzer Knall. Gut... falls man das so sagen konnte. Schüsse waren das nicht. Wär aber sauberer gewesen, menschlicher. Mir krampfte sich der Magen zusammen. Schnell, aber immer noch lautlos, kletterte ich die Leiter hinauf. Meine Augen waren auf Höhe der Falltür.

Ein Hintern, wie ich ihn noch nie gesehen hatte, versperrte mir die Aussicht. Ein riesiger Koloß, so dick wie vier kolossale

Kürbisse mit Seltenheitswert. Also, für 'n Brocken war das schon 'n ganz schöner Brocken. Endlich mal eine, die nicht auf ihre Linie achtete!

Die Beine gespreizt – eigentlich mehr unförmige Stempel in zwei verschiedenen Wollstrümpfen –, die Fäuste in die Hüften gestemmt, fauchend wie 'ne Lokomotive, spuckte sie Gift und Galle. Eine widerliche Stimme. In der rechten Hand hielt sie den kurzen Stiel einer furchtbaren Peitsche.

Das Zimmer war klein, ärmlich, aber sauber. In einer Ecke kauerte Bélita Moralés auf dem Boden, die Beine unter ihren roten Wollrock gezogen. Ihr Gesicht war schmerzverzerrt, in ihren Augen blitzte ohnmächtiger Haß. Ihr Pullover war zerrissen. Die wundervollen Brüste boten einen furchtbaren Anblick. Aber trotz der blutigen Streifen waren sie nicht unterzukriegen: immer noch stolz, waren sie herausfordernd auf ihren Henker gerichtet.

5

Die Zylinderpassage

Ich sprang die letzten Sprossen der Leiter hinauf und stand im Zimmer.

„Na?“ dröhnte ich los. „Wer quält denn hier kleine Mädchen, um diese Zeit?“

Überraschend flink drehte sich das furchtbare Weib um. Mein Auftritt machte sie für einen Moment sprachlos. Die Vorderseite dieses Pakets schmutziger Wäsche stammte nicht aus dem Hause Carven. Ganz im Gegenteil! Konnte kaum als Rückseite dienen. Die hin- und herwackelnden Brüste wurden von einer dreckigen Bluse in Schach gehalten, so gut es ging. So was Riesiges sieht man nicht mal bei italienischen Filmstars. Die massigen Schultern steckten in einer mottenzerfressenen Pelzjacke. Direkt darauf, ohne Hals, saß der Kopf. Eine widerliche Fresse, braun, runzlig, ohne Zähne, mit einem wilden, verschmierten Auge. Einem einzigen! Rechts. Das andere hatte sich nach einem Streit geschlossen. Für immer. Um das Bild abzurunden, verliehen die schwarzen fettglänzenden Haare dem Schreckgespenst den Schädel einer Gorgo.

„Was soll das denn?“ stieß das Weib hervor. Hörte sich an, als würden Töpfe hin und her geschoben.

„Ich bin's nur“, sagte ich. „Die staatlich geprüfte Nervensäge. Immer im rechten Augenblick zur Stelle, wenn's was zu sägen gibt...“

Ich winkte der jungen Zigeunerin freundschaftlich zu.

„... Hallo, Bélita.“

„Bélita!“ krächzte die Frau mit der Peitsche.

Das sollte ironisch klingen. Offensichtlich mißfiel der Alten der vertraute Ton.

„Bélita!“ giftete sie wieder. „Der fickt dich also, hm? Mit irgendeinem muß du ja ficken, du Hure! Antworte, Isabelita! du Scheißhure!“

Das junge Mädchen machte eine müde Handbewegung.

„Hurenbock!“ schrie sie jetzt mich an und warf mir aus ihrem verschmierten Auge einen vernichtenden Blick zu.

Ich seufzte. Ihr Wortschatz war ziemlich mager. Konnte ja verdammt langweilig werden.

„Ich schlafe immer alleine“, stellt ich klar.

„Hurensohn!“ variierte sie für den Fall, daß ich sie nicht richtig verstanden hatte.

Hurenbock. Hurensohn. Na schön. Sehr gut. Nichts Schlimmes. Nur die übliche Ahnentafel.

„Halt deine Schnauze... oder was das große Schwarze Loch da ist!“ schaltete ich mich jetzt etwas energischer ein.

Wenn sie unbedingt wollte, daß ich mich auf ihren Ton einstellte... Nichts einfacher als das! Nestor Burma, stets zu Diensten. Sie würde bei dem Spiel bestimmt nicht gut aussehen. Den Titel der Miß Großschnauze wollte ich ihr wohl abjagen. Drei ausgesuchte Schweinereien, dazu 'n paar besonders versaute Unterstellungen und... Ich hatte keine Zeit, mir das Passende auszudenken. Das Miststück hob den Arm, und schon sah ich den Peitschenriemen auf mein Gesicht zusausen. Zum Glück sind meine Reflexe in Ordnung. Ich sprang hoch, so als hätte man mir eine Nadel in den Hintern gestochen. Der Riemen schlang sich pfeifend um meine Brust. Aber die gefütterte Winterjacke fing die Wucht auf. Trotzdem wurde ich nicht grade gestreichelt. Ich taumelte, mein Magen zog sich zusammen. Ich reagierte blitzschnell. Mit beiden Händen zog ich an dem Riemen und entriß der alten Hexe den Griff der Peitsche. Bei dieser Aktion verloren wir beide das Gleichgewicht. Ich fiel auf den Rücken, das Schwergewicht wälzte sich mit seinen hundert verfaulten Kilo auf mich. Großer Gott! Meine Begabung! Jedesmal sollte ich was Unerhörtes abkriegen, im allgemeinen einen Tiefschlag, heimlich, still und leise. So stand es im Großen Buch geschrieben. In diesem

Fall hatte das Schicksal für mich den Erstickungstod vorgesehen, zwischen diesen Riesenbrüsten. Kein Entkommen. Ich fühlte mich wie Kapitän Morhange, das Opfer der hinterhältigen Antinéa in dem Film von Jacques Feyder (noch eine Jugenderinnerung!). Mit ihren Brüsten erschlug sie einen Mann – wie mit einem Sandsack. Und mit mir ging es auch gleich zu Ende. Es mußte ja so kommen! Aber ich war nicht Kapitän Morhange. Und wenn ich schon sein Schicksal erleiden mußte, dann doch, bitte schön, durch die richtige Antinéa. Oder durch Brigitte Bardot. Eine Frage des Stils. Jedenfalls nicht durch dieses Elefantenweib, das mich plattwalzte. Ich strampelte mich ab wie ein Gehenkter. Umsonst! Zu allem Unglück lag ich auf dem Peitschengriff, der sich mir in den Rücken bohrte. Einen Augenblick lang dachte ich, ich wär gerettet. Ich konnte kurz Luft holen, aber nur, weil die alte Hexe zum Schlag ausholte. Sie fing an, meinen Kopf zu bearbeiten. Dabei erfand sie alle möglichen Namen für mich und meine Eltern, immerhin besonnene, ehrenwerte Bürger. So mager war der Wortschatz des Scheusals gar nicht. Manchmal sogar überwältigend. Die ganze Zeit blies sie mir ihren Atem in die Nase. Keine Ahnung, woher sie die Duftnote hatte. Es stank wie auf dem Land, beim Düngen. Ich versuchte, mich zu wehren. Ein kläglicher Versuch. Meine Bewegungsfreiheit war entscheidend eingeengt. Sicher, ich hatte eine Kanone bei mir. Wär mir ein Vergnügen gewesen, der Alten eins zu verpassen. Nur... der Revolver steckte wohlbehütet in meiner Gesäßtasche, wo er mir im Moment mehr schadete als nützte. Plötzlich kam mir 'ne Idee. Ich schlug weiter um mich, versuchte mit der Linken zu kneifen und zu reißen, was ich zu packen bekam. Mit meiner Rechten wühlte ich in der Jackentasche. Vielleicht würde es klappen.

Da griff Bélita ein. Sie sprang von hinten auf den Koloß und zog an den schmierigen Haaren. Die Fette mußte loslassen. Sie brüllte vor Schmerz. Kurz darauf brüllte sie noch lauter. Aus meiner Tasche hatte ich eine Handvoll Tabakkrümel hervorgezaubert – davon sammelt sich immer 'ne Menge an – und

dem bösen Weib in das eine Auge gestreut. Das mußte furchtbar beißen. Sie taumelte nach hinten, setzte sich mit ihrem fetten Arsch auf meine armen Beine. Aber jetzt konnte ich mich befreien. Ich sprang hoch, schnappte mir den Griff der Peitsche, hielt ihn gut fest und verpaßte ihr einen hübschen Schlag auf die fettige Rübe. Im Gegensatz zu ihren Brüsten war ihr Kopf knüppelhart. Ich mußte dreimal zuschlagen, bis die Alte um Gnade wimmerte. Ich kannte mich selbst nicht mehr. Hätte sie bestimmt umgebracht, wenn sie nicht um Gnade gefleht hätte. Das tat sie natürlich in ihrer charmanten Art. Erst ein Fluch, dann eine Beleidigung, vermischt mit Ausdrücken in einem groben Dialekt. Sicherlich ebenfalls ausgesuchte Höflichkeiten.

„Pack deine Titten ein und verpiß dich“, schrie ich, ebenfalls den höfischen Sitten folgend. Ich war wirklich außer mir. „Und lauf mir nie mehr über den Weg! Ich könnte dich von den Flics einlochen lassen für deinen Dressurakt...“ (Ich würde mich hüten!) „... Aber eins haben wir bestimmt gemeinsam: wir mögen keine Flics...“ (Vor allem hätte ich's im Augenblick nicht gemocht, deren dumme Fragen zu beantworten) „... Also scher dich zum Teufel! Ab nach Hause!“

Sie brummte unverständliches Zeug und rieb sich stöhnend das brennende Auge. Dadurch wurde es auch nicht besser. Sie tastete nach der Peitsche, die ich noch in der Hand hielt. Ich ließ es knallen. Sie fuhr erschreckt hoch, so als hätte ich ihr eins übergezogen.

„Die behalt ich, zum Andenken“, sagte ich. „Verschwinde!“

Unsicher schleppte sie sich in Richtung Falltür. Ich half ihr nicht dabei. Wenn sie sich auf der Leiter den Hals brach, auch gut. Aber sie schaffte es ohne Salto mortale. Noch 'n paar saftige Flüche, dann verschwand sie in der Nacht.

Ich kletterte ebenfalls die Leiter hinunter. Wollte mich vergewissern, daß die Alte sich auch wirklich aus dem Staub gemacht hatte. Dann verriegelte ich die Tür. Bloß keine bösen Überraschungen mehr! Ich hatte zwar keine Gewissensbisse,

aber glücklich war ich auch nicht über das, was geschehen war. Dieses schlampige Monster war bestimmt das Prachtstück einer dieser Banden, die nichts ungerächt lassen. Würde nicht mehr lange dauern, und ich hatte den gesamten Clan auf dem Hals. Vorsichtshalber überprüfte ich die Funktionstüchtigkeit meines Revolvers. Dann steckte ich ihn in eine Tasche, an die ich in Notfällen besser rankommen würde, und stieg wieder nach oben.

Ursprünglich war das mal ein Dachboden gewesen. Sah jetzt aber wohnlich aus. Das junge Mädchen hatte es recht hübsch eingerichtet. Der Fußboden war wie geleckt. Das spärliche Mobiliar bestand aus einem weißen Büfettschrank und einem niedrigen Bett. Vielleicht steinhart, aber jedenfalls mit einer sauberen karierten Tagesdecke bedeckt. In einer Ecke stand so was wie'n Kleiderschrank. In einer anderen Küchengeräte neben einem Wasserkrug und einer Plastikschüssel. Kein dreckiger Teller, kein schmutziges Glas. In einem Reklameaschenbecher auf dem Büfett lagen zwei Kippen. Die Blumen in der Vase daneben ließen schon die Köpfe hängen. An der Wand hingen ein billiger Spiegel und eine Wandlampe in Schwanenhalsform. Ein kleines Öfchen verbreitete eine wohlige Wärme. Wie gesagt: Ärmlich, aber sauber.

„So, das wär's", sagte ich.

Bélita Moralés saß auf dem Bett. Ihre blutig geschlagene Brust hatte sie noch nicht bedeckt. Naive Unschuld! Das Mädchen seufzte und schüttelte ihre schwarze Haarpracht. Wohl ihre Lieblingsbewegung. Die Ohrringe klirrten gegeneinander. Dann sah sie mich an und sagte mit ihrer sinnlichen Stimme:

„Ich danke Ihnen... aber... Sie hätten nicht..."

„Mir tut nichts leid", unterbrach ich sie. „Außer vielleicht das mit dem Tabak. Einem Schwein gegenüber sollte man sich nicht auch wie ein Schwein benehmen. Immer mit fairen Mitteln kämpfen! Hat Abel Benoit Ihnen doch sicher beigebracht, hm?"

„Ja."

„Auf den kommen wir später noch zurück... Übrigens, sie haben nicht auf mich gewartet, heute nachmittag!"

„Hab die Flics gesehen."

„Dachte ich mir. Na schön. Aber Sie müssen erst mal das da behandeln."

Ich zeigte auf ihre Brust und sah mir die Striemen näher an. Eindrucksvoll, aber nicht so schlimm, wie ich angenommen hatte nach der bestialischen Behandlung durch die alte Hexe. Die junge Zigeunerin erschauerte.

„Ich... kümmere mich schon darum", stotterte sie.

„Kompressen werden helfen", sagte ich.

„Ja."

Ich drehte mich um und sah aus dem Fenster. Der Nebel war dichter geworden, hüllte die düstere Passage völlig ein. Mit zitternden Händen stopfte ich mir meine Pfeife. Mir war's kotzelend. Vielleicht wegen der Blumen, die unten vor sich hin welkten und deren Gestank bis nach oben drang. Hinter mir hantierte Bélita. Ich hörte, wie sie das Büfett öffnete, einen Topf rausholte. Ich zündete meine Pfeife an.

„Was sind das für Blumen?" erkundigte ich mich.

„Die verkauf ich."

„Wird wohl schwierig... so wie die aussehen..."

„Seit das mit Benoit passiert ist, hab ich nichts mehr gemacht."

„Und jetzt wollen Sie Konfitüre draus kochen, hm?"

„Nein, jetzt kann ich sie wegwerfen."

„Gute Idee."

Ich stieg wieder die Leiter hinunter, schnappte mir den Korb und die Kisten und schleppte den ganzen Krempel auf den Hof. Ich war richtig wütend.

„So, das wär's", sagte ich zum zweiten Mal, als ich wieder oben bei Bélita war.

Sie hatte inzwischen eine leicht ausgeschnittene Bluse mit kurzen Ärmeln angezogen.

„So fühl ich mich schon wohler", fügte ich hinzu. „Und Sie?"

„Besser. Sie sind nett."

Ich setzte mich aufs Bett und hielt ihr meine linke Hand hin, die Fläche nach oben.

„Prüfen Sie nach, ob's stimmt", forderte ich sie auf.

Sie wich zurück.

„Darin kenne ich mich nicht aus", sagte sie.

„Ich mich aber..."

Ich nahm ihre Hand.

„... Abel Benoit, den Sie Ihren Adoptivvater nennen, hat lange genug neben Ihnen gewohnt, um Sie von vielen Vorurteilen zu befreien. Er hat Sie von Ihrem Stamm weggeholt, hat aus Ihnen einen freien Menschen gemacht... soweit Freiheit überhaupt existiert. Das ist alles sehr lobenswert. Aber gleichzeitig hat er das Romantische beseitigt. Sie haben verlernt, die Zukunft zu lesen."

„Da ist was Wahres dran", sagte sie lächelnd.

„Vielleicht ist noch nicht alles verschüttet. Los, geben Sie sich etwas Mühe! Besinnen Sie sich auf Ihr Erbe. Die Geheimnisse Ihrer Rasse..."

Sie setzte sich neben mich aufs Bett, sehr ernsthaft, nahm meine Hand und beugte sich über sie. Ihre Haare kitzelten mir die Nase.

„Nun?"

Sie stieß meine Hand zurück.

„Nichts. Ich kann nicht aus der Hand lesen." In ihren dunklen Augen blitzte Angst auf. „Ich kann es nicht..."

Sie stand auf.

„... Ich habe Vertrauen."

Sie verschwand durch die Falltür nach unten. Kurz darauf war sie wieder oben, in der Hand eine abgegriffene Brieftasche. Ich sah das Mädchen fragend an.

„Das ist seine Brieftasche", erklärte sie. „Abel hat ausgesagt, er sei von Arabern überfallen worden. Aber das ist nicht wahr. Ich sollte die Brieftasche verstecken, damit es so aussah, als hätte man ihn ausgeraubt."

„So was Ähnliches hab ich schon die ganze Zeit geahnt", brummte ich.

Ich nahm die Brieftasche und machte Inventur. Außer dreißigtausend Francs fand ich nichts, was mich auf 'ne heiße Spur gebracht hätte.

„Entschuldigen Sie, aber... ist noch alles drin?" fragte ich.

„Wofür halten Sie mich?" protestierte sie traurig.

„Nicht böse sein. Ich bin nett, und Sie haben Vertrauen. Wissen Sie, bei meinem komischen Beruf muß ich manchmal komische Fragen stellen. Also gut..." Ich klopfte auf die Brieftasche. „... Ich nehme sie an mich. Auch wenn Sie sie gut versteckt hatten... Bei mir ist sie sicherer vor den Schnüffeleien der Flics." Ich gab ihr das Geld. „Ich nehme an, das gehört Ihnen."

„Ich will's nicht", sagte Bélita.

„Seien Sie nicht blöd. Benoit braucht es nicht mehr, und für mich ist es mehr als ein gewöhnlicher Klient. Nehmen Sie nun die Möpse oder nicht? Nein? Auch gut. Hiermit ernenne ich mich zur Sparkasse. Das Geld gehört Ihnen. Wenn Sie's brauchen..." Ich steckte Brieftasche samt Geld ein. „Und jetzt... Ich fürchte, wir werden uns noch 'ne ganze Weile unterhalten müssen. Vielleicht essen wir erst mal was? Nach der Catch-Vorstellung hab ich Hunger. Gehn wir. Ich lade Sie ein."

„Ich hab was hier", sagte Bélita. „Falls..."

„Angenommen. Hier gefällt's mir nämlich sehr gut, in Ihrem Nest."

Es gab nur Gemüse und keinen Wein. Lenantais' Erziehung trug Früchte. Ich persönlich hätte gern 'n dickes Steak verdrückt und mit 'nem Liter Roten runtergespült. Aber ich würde schon nicht gleich sterben. Bélita holte hinter dem Büfett einen Klapptisch hervor, stellte ihn auf und besorgte von unten zwei Hocker. Dann machte sie sich daran, das kärgliche Mahl zu bereiten. Ich saß auf dem Bett, Pfeife im Mund, und sah ihr zu. Geschäftig ging sie hin und her, daß der Wollrock nur so wippte. Großer Gott! Worauf hatte ich mich da eingelassen?

„Ich besitze alle Laster", bemerkte ich, um auch etwas beizutragen. „Zum Beispiel rauche ich. Hoffentlich stört Sie das nicht."

Es klang dürftig bis lächerlich.

„Ich rauche auch", sagte sie. „Hin und wieder."

„Und Benoit?"

„Er hat nicht geraucht. Sagte immer, ich sollte auch nicht rauchen. Aber er überließ es mir."

„Als ich ihn kannte, waren Sie noch nicht auf der Welt. Ein prima Kerl war das."

„Das ist er auch geblieben... Bis zum Schluß... So, fertig", fügte sie hinzu.

Es schmeckte gar nicht so übel, wie ich befürchtet hatte. Während wir aßen, erzählte sie mir von Lenantais.

* * *

Sie kannte meinen Freund, den Don Quijotte von Paris, nur unter seinem falschen Namen Abel Benoit. Vor vier Jahren waren sie sich zufällig begegnet, als er auf einer seiner „Geschäftsreisen" nach Ivry gekommen war, jenseits des Pont National. Dort lebte Bélita auf einem unbebauten Grundstück mit Verwandten. Entfernten Verwandten, denn sie war Vollwaise. Aus irgendwelchen Gründen war sie der Prügelknabe der fetten Schlampe, die ich eben kennenlernen durfte. Lenantais mischte sich ein. Er war kräftig, kannte keine Angst, und die Jahre schienen an ihm spurlos vorbeigegangen zu sein. Er legte sich mit den Zigeunern an und riet dem Mädchen, ihre Familie zu verlassen. Bélita blieb zunächst. Aber als sie es nicht mehr aushalten konnte, suchte sie den alten Anarchisten in seinem Lager auf. Er nahm ihre Erziehung in die Hand, brachte ihr Lesen und Schreiben bei und gewöhnte ihr die Vorurteile ihrer Rasse ab. Das Häuschen nebenan war zu vermieten. Er richtete es ihr mit dem Nötigsten ein. Er war's auch, der aus ihr ein Blumenmädchen machte. Und sie lebten glücklich und zufrieden, bis... vor drei Tagen...

„Moment“, unterbrach ich sie. „haben Ihre Leute Sie einfach so gehen lassen? Haben nie versucht, Sie zurückzuholen oder sich zu rächen?“

„Nein.“

„Dann halten die auch nicht viel auf Tradition, hm?“

„Die machen das beste draus, glaub ich.“

„Was wollen Sie damit sagen?“

„Nichts.“

Ihr Gesicht verschloß sich.

„Schön, daß Sie soviel Vertrauen haben!“ stellte ich ironisch fest.

„Na ja... äh...“ begann sie zögernd, „zwei- oder dreimal hab ich Benoit mit Dolorès sprechen sehen... Dolorès ist die, die eben hier war... oder mit Salvador, einem von uns. Das ist ein ganz Brutaler. Hat schnell 'n Messer in der Hand. Aber deshalb ist er nicht blöd. Paßt auf, daß er keine Dummheiten macht. Glaub ich jedenfalls. Na ja, bevor Sie kamen, erzählte mir Dolorès, daß Benoit ein Abkommen mit ihnen hatte. Das war bestimmt nicht gelogen.“

„Ein Abkommen?“

Ihre Augen füllten sich mit Tränen.

„Er hat mich gekauft. Er zahlte, damit sie mich in Ruhe ließen. Er schuftete wie ein Wilder, um zahlen zu können. Ich brachte denen mehr ein, als wenn ich bei ihnen geblieben wäre.“

„Jeden Tag verliere ich eine Illusion“, seufzte ich. „Ich dachte, diese Leute wären standhafter. Also kann man auch mit denen machen, was man will... mit 'n paar Kohlen? Sind doch alle gleich... Und ist es letztlich nicht besser, wenn man sich so einigt?“

„Nur eins hätten die ihm bestimmt nicht verziehen“, sagte sie.

„Was?“

„Wenn er mit mir geschlafen hätte.“

„Und... ?“

„Er hat mich nie angerührt. Da konnten sie ganz sicher

sein. Waren Sie auch, sonst hätte es böses Blut gegeben. Sie wußten, daß zwischen uns nicht mehr war als Freundschaft. Manche Dinge spüren wir instinktiv…"

„Wir?"

„In gewisser Hinsicht gehöre ich noch zu ihnen."

„Das hat sich die liebe Dolorès wohl auch gesagt. Hat irgendwo gehört, daß der Alte nicht mehr zahlen kann. Sie wollte Sie wieder zurückholen, stimmt's?"

„Ja."

Mit der Peitsche in der Hand! Lenantais hatte seinen Nietzsche gelesen, aber Dolorès ging zur Frau und vergaß das Folterinstrument nicht, das der Philosoph in diesem Fall empfiehlt!

Schweigend sah ich Bélita an. Eine rosige Zukunft konnte ich ihr nicht voraussagen. Um das zu erkennen, mußte man nicht besonders schlau sein. Ich hatte sie aus den Fängen der Xanthippe befreit. Aber immer würde ich nicht zur Stelle sein.

„Kommen wir wieder auf Benoit zurück", sagte ich. „Vor drei Tagen also, mitten in der Nacht…"

Sie erzählte mir das, was sie schon den Flics und Faroux wiederum mir erzählt hatte. Dazu kamen noch ein paar Details, von denen bisher noch nicht die Rede gewesen war. Lenantais war schwerverletzt. Bélita befürchtete, er würde in ihren Armen sterben. Sie selbst konnte nichts für ihn tun. Das war ihr sofort klar. Also ab ins Krankenhaus. Lenantais sträubte sich. Nein, nein, nicht nötig. Schließlich ließ er sich aber doch überreden. Er sah, daß er dem Mädchen mit seiner Weigerung wehtat.

„… ‚Also, dann in die Salpêtrière', hat er gesagt. ‚Du lieferst mich einfach dort ab, ohne Erklärung. Mein Privatleben geht keinen was an. Bin 'n bißchen ramponiert, aber es wird schon wieder.' Das sagte er nur, um mich zu beruhigen. ‚Wenn die Flics dumme Fragen stellen, werd ich ihnen irgendwas erzählen.'"

„Hat er Ihnen die Salpêtrière genannt?"

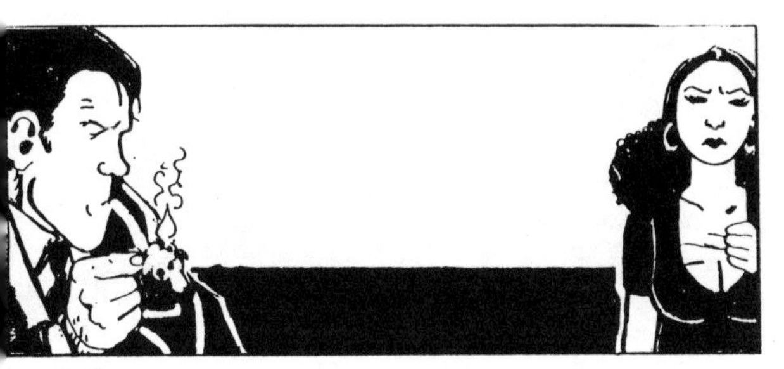

„Ja."
„Warum?"
„Er kannte dort einen Arzt, glaub ich."
„Wie hieß der Arzt?"
Lenantais hatte keinen Namen genannt. Bélita sollte seine Brieftasche gut verstecken und das antworten (falls ihr Fragen gestellt würden), was er selbst ausgesagt hatte: Araber hätten ihn überfallen und ausgeraubt. Mehr brauchten die Flics nicht unbedingt zu wissen. Dann kippte der Schwerverletzte aus den Latschen. Das Mädchen wußte sowieso nicht, wie er so lange durchhalten konnte. Sie holte seine alte Kiste aus der Garage und brachte ihn in die Salpêtrière.
„Mir war scheißegal, was daraus wurde. Ich meine die Flics und was sie denken würden. Mein einziger Gedanke war: er muß behandelt werden! Gerettet! Ich wußte, daß er nichts Schlechtes getan haben konnte. In den vier Jahren hatte ich Zeit genug, seine Aufrichtigkeit kennenzulernen, seine Anständigkeit, seine Großzügigkeit..."
Sie griff über den Tisch nach meinen Händen und drückte sie gefühlvoll. Ihre dunklen Augen bekamen einen seltsamen Glanz.
„... Er hat mir klargemacht... klarzumachen versucht... daß man Rachegefühle unterdrücken muß. Aber vielleicht ist das zuviel verlangt, mein Volk verzeiht nicht... Das ist ein Gefühl, das ich wahrscheinlich nie aufgeben möchte. Dafür hat er sich mir gegenüber zu großzügig verhalten... Benoit... Ich muß ihn rächen. Der Scheißkerl, der ihn umgebracht hat, soll mit seinem Blut bezahlen... Tropfen für Tropfen..." Ihr glühender Zorn machte sie noch schöner. „Sie werden ihn rächen, M'sieur, nicht wahr? Werden Sie ihn rächen? Ich helfe Ihnen..."
„Wie?"
„Ich weiß es nicht. Aber ich werde alles tun, was Sie mir sagen."
„Beruhigen Sie sich", sagte ich. „In dem Brief an mich schreibt er von einem Scheißkerl, der 'ne Schweinerei vorhat.

Es kann sich nur um seinen Mörder handeln. Und den sollte ich daran hindern, noch mehr Unheil anzurichten. Das ist sozusagen der letzte Wille meines Freundes Lenantais... und die einzige Art, wie man ihn rächen kann. Nur... Ich kann keine Wunder vollbringen. Wenigstens die Spur einer Spur brauche ich. Sonst weiß ich nicht, wohin ich meine Fühler ausstrecken soll. Der Täter ist doch bestimmt keiner von Ihren Leuten, oder? Der Brief deutet weder auf Salvador noch auf jemand anders hin. Es sei denn, Lenantais war völlig weggetreten, als er den Brief schrieb. Sagen Sie, hatten Sie den Eindruck, daß er zum Schluß nicht alle besammen hatte?"

„Ganz im Gegenteil. Er glaubte sich außer Gefahr. Nur schnell sollte ich machen, sagte er."

„Näheres hat er Ihnen nicht erzählt?"

„Nein."

„Gehen wir wieder etwas weiter zurück. Sie lieferten Ihren Freund also im Hospital ab. Wie ging das vor sich?"

Bélita hatte ihnen so ungefähr die Wahrheit gesagt, einschließlich Name und Adresse des Verletzten. Dann fuhr sie zurück in die Rue des Hautes-Formes. Am nächsten Tag kamen die Flics, um Lenantais' Wohnung zu durchsuchen. Danach verhörten sie das Mädchen, weder besonders scharf noch übertrieben mißtrauisch. Sie durfte sogar ihren Freund in der Salpêtrière besuchen.

„... Dort hat er mir dann den Brief gegeben. Hatte ihn wohl heimlich geschrieben. Nur den Umschlag..."

„Ja, ja, ich weiß. Den haben Sie sich draußen besorgt und meinen Namen und meine Adresse draufgeschrieben."

„Ja. Ihre Adresse hatte ich aus dem Telefonbuch."

„Hat er Ihnen nicht doch noch was gesagt? Versuchen Sie sich zu erinnern. Es ist vielleicht sehr wichtig. Manchmal genügt eine Kleinigkeit, und ich kann durchstarten..."

Davon war ich genauso überzeugt wie von meinem Gewinn bei der nächsten Ziehung bei der *Loterie Nationale*, für die ich nicht mal ein Los gekauft hatte. Stirnrunzelnd sortierte Bélita ihre Erinnerungen.

„Tja", murmelte sie schließlich. „Er sagte, es ginge ihm schon besser, bald könne er wieder nach Hause. Aber ich sollte mich mit dem Brief beeilen. Außerdem hatte er das Gefühl, daß die Flics in ihm einen alten Anarchisten wiedererkannt hatten und ihn aus Prinzip überwachen würden. Und dann hat er mir von Ihnen erzählt. Ich solle mich nicht von Ihrem Beruf abschrecken lassen, Sie seien trotzdem 'n prima Kerl."

„Das war alles?"

„Ja."

„Verdammt wenig."

„Ich bin ein Idiot", murmelte sie, und ihr Gesicht wurde noch trauriger. „Zum ersten Mal hab ich seinen Worten nicht getraut..."

Sie hatte seinen Worten nicht getraut, mir nicht, meinem Beruf nicht. Darum hatte sie bis gestern abend gewartet, um den Brief zur Post zu bringen. Und dann war's zu spät. Heute morgen im Hospital erfuhr sie, daß Lenantais gestorben war. Wenn ich wirklich ein Freund ihres Freundes war, sagte sie sich, würde ich ihn rächen. Sie konnte sich ausrechnen, wann der Brief bei mir landete. Also wartete sie vor meinem Büro auf mich. Weiß der Teufel, woher sie mein Gesicht kannte.

„... Ich hab Sie rauskommen sehen und bin Ihnen gefolgt. Wären Sie zu den Flics gegangen, hätte ich's aufgegeben. Aber da Sie zu Benoit in die Salpêtrière wollten..."

Ich lächelte:

„Test bestanden?"

Sie lächelte zurück, sanft und vertrauensvoll.

„Ja."

„Leider bringt uns das nicht weiter", sagte ich seufzend. „Wenn er doch nur irgendeinen Namen genannt hätte, Ihnen im Hospital oder mir im Brief!"

„Er hat den Brief in Eile geschrieben... hat ja nicht gewußt, daß sein Ende so nah war..."

„Tja, natürlich. Sagen Sie, könnten es sein, daß man ihm im Hospital den Rest gegeben hat?"

Auf diese Frage hatte die schöne Bélita keine Antwort.

„Hm..."

Unser frugales Mahl war beendet. Bélita bereitete den Kaffee, und ich stopfte mir eine Pfeife. Das Problem war folgendes: ein böser Unbekannter sticht Lenantais nieder. Derselbe Unbekannte plant, anderen ebenfalls was Böses anzutun. Wenn ich das richtig verstand, waren diese anderen Lenantais' und meine Freunde. Übrigens war das alles, was ich bis jetzt verstanden hatte. Lenantais hatte ich seit 1928 oder 29nicht mehr gesehen. Die entsprechenden Freunde mußte ich also in derselben Zeit aus den Augen verloren haben. Ich konnte eine Liste all derer aufstellen, die ich vor dreißig Jahren mehr oder weniger gut gekannt hatte. Aber um die dann auch noch zu suchen und zu finden, dazu reichte die Zeit nicht, die mir auf dieser Welt zustand. Das Bequemste wär's gewesen, Lenantais für bekloppt zu erklären – seniles Geschwätz oder so – und dem Brief keinerlei Bedeutung beizumesen. Unglücklicherweise glaubte ich nicht an diese Version. Oder glücklicherweise. Ich wußte es nicht. Wie so manches.

„Ich müßte mich mal bei ihm umsehen", sagte ich, mehr zu mir selbst. „Das haben die Flics zwar auch schon gemacht. Aber die haben dabei nur an *Fellaghas* gedacht. Ich denke an was anderes..." Oder erst mal gar nicht! „... Jedenfalls in 'ne andere Richtung. Irgendein Indiz, das in ihren Augen bedeutungslos war, könnte mir neue Perspektiven eröffnen."

Ich ging zum Fenster. Wenn die Perspektiven, die ich mir erhoffte, genauso vernebelt waren wie die Sicht auf die Straße, konnte ich einpacken. Die Rue des Hautes-Formes gab es überhaupt nicht mehr! Der Nebel hatte sie verschluckt. Gar nicht so schlecht!

„Man sieht keine zwei Meter weit", bemerkte ich. „Ich könnte versuchen, das Schloß aufzubrechen, ohne Aufmerksamkeit zu erregen. Oder... Haben Sie vielleicht einen Schlüssel?"

„Nicht mehr", antwortete Bélita. Sie stand neben mir. Ihr Parfüm und sonstiger Körpergeruch stieg mir in die Nase.

„Die Flics haben mich danach gefragt, und ich hab ihn abgegeben. Aber man kann auch noch anders rein. Im Hof gibt es eine kleine Tür..."

„Also los!"

Ich zog meine Jacke, die Zigeunerin ihren Trenchcoat über. Wir stiegen die Leiter hinunter. Der Nebel im Hinterhof umgab uns wie nasse Wäsche. In diese Brühe mischten sich unser Atem und der Rauch aus meiner Pfeife.

Also, das mußte man dem ehemaligen Banknotenfälscher lassen: er hatte keine Angst vor Einbrechern! Die kleine Hintertür war nicht abgeschlossen oder verriegelt. Trotzdem gab sie nicht gleich nach. Hinter ihr lag irgendwas Weiches.

Ein kalter Schauder lief mir über den Rücken. Sollte vielleicht zufällig jemand, als er hinter der Tür zum Lager Wache gestanden hatte... Ach, und wenn schon!... Eine Leiche hatte mich in die Scheiße geritten. Vielleicht würde mir eine weitere helfen, Licht ins Dunkel zu bringen.

Ich stemmte mich gegen die Tür. Sie hielt stand.

„Sie haben nicht zufällig eine Taschenlampe, Bélita?"

„Doch, oben."

„Holen Sie sie."

Inzwischen streckte ich meine Hand durch den Türspalt. Ich ertastete etwas Kaltes. War aber nur 'n Stapel Lumpen, wie ich dann im Schein der Taschenlampe feststellte. Ich weiß nicht mehr, ob ich enttäuscht war oder nicht. So weit es ging, schob ich die Tür auf. Dann stiegen wir über den Haufen Lumpen und standen im Lager. Bélita kannte sich hier aus. Sie ging zum Lichtschalter. Ein fahles Licht fiel auf das schönste Durcheinander, das ich jemals gesehen hatte. Hoffnungslos!, dachte ich. In diesem Gerümpel würde ich nichts finden, wenn überhaupt was zu finden war. Aber was hatte ich erwartet? Lumpensammler und Altwarenhändler! Und dazu noch Anarchist. Da bleibt die Ordnung auf der Strecke, auch eine gewisse. An der Vordertür stand der Lieferwagen, ein uralter Ford mit abgeblättertem Lack. Davon abgesehen, lagen überall Packen von altem Papier rum, abgetragene Klamotten,

Alteisen und ausrangierte Möbel. Lauter Schrott, mehr oder weniger kaputt. Und alles auf einem großen Haufen! Das allgemeine Chaos – sozusagen von Berufs wegen – war wohl durch die Flics noch vergrößert worden. Daß die es sich nie angewöhnen können, ihr Durcheinander wieder aufzuräumen! Tat mir wirklich leid für die junge Zigeunerin. Sie sah mich so hoffnungsvoll an. Erwartete wohl ein Wunder oder so was. Aber ich mußte sie enttäuschen. Mehr als auf das Gerümpel starren konnte ich auch nicht.

„Er wohnte oben?" fragte ich und zeigte auf eine Wendeltreppe.

„Ja."

Ich stieg die wacklige Treppe hinauf. Bélita folgte mir. Auch oben herrschte Chaos. Aber wahrscheinlich stammte das ausschließlich vom Arm des Gesetzes. Ein Bücherregal bedeckte eine ganze Wand. Die Bücher waren einfach auf den Boden geschmissen worden. Dort lagen jetzt *Wegweiser für einen anarchistischen Individualisten* von E. Armand, *Jules, der Glückliche* von Georges Vidal, *Über eine Moral ohne Zwang und Strafe* von Goyau usw. Dazu Broschüren, Zeitungen, Zeitschriften, teilweise gebunden, teilweise lose. Sogar ein paar seltene Nummern Von Emile Pougets *Père Peinard* und Zo d'Axas *Blatt* lagen herum.

All das war höchst interessant. Hätte das Herz eines Sammlers höherschlagen lassen. Aber für mich war nichts dabei. Ich öffnete eine Schreibtischschublade. Unwichtiger Papierkram, sonst nichts. Ein Teil des Zimmers war als Schusterwerkstatt eingerichtet. Ich ging zum Arbeitstisch, so als hätte der mir des Rätsels Lösung liefern können. Werkzeug, Lederflicken, eine Reihe Schuhe. Resigniert hob ich die Schultern.

„Haun wir ab", sagte ich. „Wir frieren uns umsonst die Zehen ab."

Wir gingen wieder zurück zu Bélita. Ich nieste.

„Man kann sich ja den Tod holen, in dem Stall. Würde gerne was Heißes trinken. Sie auch?"

„Ich kann noch 'n Kaffee kochen."

„Prima Idee."

Sie ließ Wasser in einen Topf laufen.

„Ach, was ich noch vergessen habe", begann ich wieder. „Wo ist er eigentlich überfallen worden? Hat er es Ihnen erzählt?"

„Er hat was von der Rue Watt gesagt."

„Rue Watt?"

„Die Straße, die unter der Bahn durchführt, von der Rue Cantagrel zum Quai de la Gare."

Watt? Ein vielversprechender Name, um Licht ins Dunkel zu bringen. Hoffentlich würde es nicht bei Versprechungen bleiben.

* * *

In den folgenden Stunden versuchte ich, so viel wie möglich aus dem Mädchen rauszukriegen. Ich ließ mir haarklein über Lenantais' Leben berichten, seine Gewohnheiten, Eigenheiten, falls er welche gehabt hatte. Ich ließ mir die Namen der Leute geben, mit denen er geschäftlich zu tun hatte. Aber... Der Teufel soll mich holen, ich wußte nicht, wozu das gut sein sollte. Ich war müde. Einfach alles hinschmeißen, das wär das Richtige gewesen. Und so einfach! Aber einen Freund wie Lenantais läßt man nicht einfach so im Stich, auch wenn er tot ist.

Und nun erzählte ich der Zigeunerin von meinem Freund. Von dem Lenantais, den ich gekannt hatte. Es wurde eine lange Geschichte. Und nicht nur von Lenantais war darin die Rede. Ohne daß ich es merkte, schweifte ich ab, erzählte ihr auch von mir. Besser gesagt, von einem zornigen jungen Mann namens Nestor Burma, der hier in der Gegend rumgelatscht war, damals, zu einer Zeit, als die Kleine noch gar nicht geboren war; ein Kerl, an den ich mich noch am Abend vorher kaum erinnert hatte. Ein komisches Gefühl, ihn wieder vor mir zu sehen!

„Ein Scheißviertel ist das hier, Bélita", sagte ich. „Eine

miese Gegend. Sieht aus wie jede x-beliebige. Hat sich auch ziemlich verändert, seit meiner Zeit. Man könnte meinen, zum Besseren. Aber da ist immer noch dasselbe Klima. Nicht überall, nur in bestimmten Straßen, an einigen Ecken. Eine verpestete Luft. Hau ab, Bélita! Verbimmel deine Blumen, wo du willst, aber verschwinde aus dieser Gegend. Sie schafft dich, so wie sie schon andere geschafft hat. Es stinkt hier nach Elend, nach Unglück und der ganzen Scheiße..."

Wir sahen uns an, gleichzeitig. Ich auf einem Hocker, sie auf ihrem Bett. Ich sah, wie sie zitterte. „... Sieh an, jetzt sag ich einfach Du", stellte ich lachend fest. „Schlimm? Bei den Anarchisten duzt man sich schnell, mußt du wissen..."

„Ich find's gut."

„Um so besser. Aber nur, wenn du mich auch duzt, ja?"

6

Bélita

Ich versorgte den Ofen. Dann ging ich zum Fenster, um zu sehen, ob die Rue des Hautes-Formes seit gestern abend nicht verschwunden war. Die schmale Gasse hatte sich nicht vom Fleck gerührt. Nur der Nebel war weg. In der Morgendämmerung bekamen die abbruchreifen Häuser Konturen. Ich drehte mich um und sah zum Bett. Bélita war schlecht zu erkennen, aber ich wußte, daß sie da war. Ihr hübsches Gesicht war unter der schwarzen Haarpracht verborgen. Sie schlief noch. Tja, so ist das. Manchmal geht es sehr schnell. Mit bösen wie mit guten Überraschungen.

* * *

„Aber nur, wenn du mich auch duzt", hatte ich gesagt.

Sie antwortete nicht, zündete sich eine Zigarette an. Ich schimpfte weiter:

„Eine miese Gegend. Hier bin ich kaputtgemacht worden, untergebuttert, mit Füßen getreten. Ich hasse dieses Viertel! Mußte Lenantais mich in 'ne Sache reinziehen, die ausgerechnet hier gelaufen ist? Verdammt nochmal! Konnte er sich seine Lumpen nicht in Saint-Ouen zusammensuchen...?"

Ich schüttelte mich angewidert. Heraus kam ein Fluch nach dem andern.

„Also wirklich! Ich glaub, jetzt reicht's. Warum schrei ich hier eigentlich so rum? Normalerweise packt mich das nur, wenn ich blau bin. Du hast mir doch nichts in den Kaffee getan, hm, Bélita?"

„Nein", lachte sie, „bestimmt nicht!"

Ich ging im Zimmer auf und ab. Wollte vielleicht feststellen, ob ich noch geradeaus gehen konnte. Ich konnte. Trotzdem... irgendwie war ich trunken. Neben dem Büfett knarrte eine Diele. Hörte sich an, als lachte sie mich aus.

„Morgen geht's wieder besser", sagte ich. „Hab das Gefühl, daß ich grade das Geheimnis k.-o.-schlage. Dieser Lenantais... nicht möglich... Wollte mir bestimmt 'n Streich spielen. Hat ihm wohl nicht gepaßt, daß ich Flic geworden bin... Privatflic, aber egal... Hat alles inszeniert, um mich zu ärgern. Na ja, ich hau mal ab."

Ich sah auf meine Uhr. Abhaun? Die letzte Metro war schon lange weg. Und ein Taxi... jetzt, um diese Zeit... und hier in dieser gottverlassenen Gegend... die Rue des Hautes-Formes liegt wirklich am Arsch der Welt. Gibt es das überhaupt? Und dann der naßkalte Nebel! Hier drin war es gemütlich. Der Ofen bollerte leise. Sollte ich denn immer zu Fuß durch dieses Scheißviertel latschen?

„Bleib", sagte Bélita leise.

Und mit einem Schlag kamen mir Dolorès und ihr Clan in den Sinn. Oder suchte ich nur einen Vorwand?

„Das wird wohl für alle Beteiligten besser sein", sagte ich lachend. „Werd meine Nase noch brauchen, um Lenantais' Geheimnis zu lüften. Und wenn ich mir 'n Schnupfen hol, ist es aus mit dem Schnüffeln. Also geh ich besser nicht durch diesen scheißkalten Nebel. Außerdem... Sollte Dolorès wiederkommen, um ihre Peitsche abzuholen, dann möchte ich sie ihr doch gerne persönlich überreichen. Aber genug geredet... Gib mir 'ne Decke, Bélita. Ich kann hier direkt neben dem Ofen pennen. Hab ich zwar lange nicht mehr gemacht, so auf dem Boden, aber so was verlernt man nie... Du mußt müde sein, nach der Vorstellung heute abend... Wie geht's dir denn?"

„Tut kaum noch weh."

„Dieses Walroß!"

Ich versuchte, das zischende Geräusch der Peitsche nachzuahmen. Bélita nahm eine Decke vom Bett und gab sie mir. Ich

legte meine Kanone auf den Tisch, in Reichweite. Kam mir vor wie 'n Pfadfinder. Jeden Tag eine gute Tat. Komischer Pfadfinder! Ich versorgte noch mal den Ofen und wickelte mich in die Decke. Bélita knipste das Licht aus. Der Ofen verbreitete eine angenehme Wärme. Ganz neu war er nicht mehr. durch seinen Ritzen fiel zitternd rötliches Licht auf Fußboden und Wände.

„Noch was, das mich an das Vegetalierheim erinnert", sagte ich. „Einmal..."

Und ich erzählte noch eine weitere Anekdote. Eine von denen, die mit dem Alter und dem zeitlichen Abstand nur noch ihre lustigen und pittoresken Seiten behalten. Die Leute, denen ich sie sonst erzählte – in einem hübschen, hellen Raum –, Journalisten, Flics oder anderen Zeitgenossen, die sich immer schön sattessen können, diese Leute wollten sich immer halbtot lachen. Aber hier in der Rue des Hautes-Formes klang meine Geschichte trostlos, erbärmlich. Sie bekam wieder ihre düstere Wahrheit zurück. Warum erzählte ich dieses Zeug? Das war hier nicht der richtige Ort. Man soll im Hause des Gehenkten nicht vom Strick reden! Ich neigte offensichtlich gefährlich zum Masochismus. Vielleicht, weil ich zum Essen nur Wasser getrunken hatte. Der letzte Tropfen Alkohol lag schon einige Zeit zurück, allerdings nicht ganz so weit wie diese verdammten Erinnerungen!

„Ja", war Bélitas einziger Kommentar zu meiner Anekdote.

Sie lag im Bett und rauchte. Die Glut ihrer Zigarette leuchtete in der Dunkelheit. Dann drückte sie die Kippe im Aschenbecher aus.

„Gute Nacht."

„Gute Nacht."

Der Nebel schlich um das Haus herum, auf der Lauer, bereit, durch die schmalsten Ritzen zu dringen. Es war so still wie in der Steinzeit. Hin und wieder knackte ein Dachbalken der alten Hütte. Dann hörte ich, wie die Zigeunerin aufstand und mit den Küchengeräten hantierte.

„Ist was?"

„Nein, nein."
„Du kannst ruhig Licht machen..."
„Nein, nein, es geht schon."
Sie öffnete die Ofenklappe, um nach dem Feuer zu sehen. Das Licht der Glut fiel auf ihren Körper. Sie trug einen Morgenrock, der sich wegen ihrer gebückten Haltung leicht öffnete. Der Anblick war erregend. In der Luft hing ein leichter Rauchgeruch. Das Mädchen schloß die Klappe wieder und ging zum Fenster.
„Siehst du nach, wie das Wetter ist?" erkundigte ich mich.
„Eine schöne Suppe, draußen..."
Ich hatte mich aus meiner Decke gewickelt und war neben sie ans Fenster getreten. Eine schöne Suppe, die Spezialität des Viertels. Eine undurchdringliche Brühe, feindselig, zum Kotzen. Aber hier drin war es gemütlich.
„Ja, hier drin ist es gemütlich."
Wir standen jetzt dicht nebeneinander. Unsere warmen Körper trotzten dem kalten Nebel. Meine Hand berührte leicht Bélitas Brust. Sie wich etwas zurück.
„Nein", flüsterte sie. „nicht..."
Eine Scheißgegend war das hier. Sie hatte mich kaputtgemacht, gedemütigt. Hier war ich nie wie ein Mensch behandelt worden... Ich nahm das Mädchen in meine Arme, drückte sie fest an ich, meine Brust gegen ihre, meine Lippen auf ihrem Mund. Sie entzog sich mir... Eine Scheißgegend! Wollte mich immer noch behandeln wie einen kleinen Jungen... Und ich konnte mich nicht rächen!
„Du bist eine Zigeunerin."
Stille. Gedämpft, bedrückend. Das Zimmer wurde kurz in blutrotes Licht getaucht.
„Ach!" seufzte Bélita. „Zigeunerin oder nicht!"
Sie legte ihre Arme um meinen Hals. Ihre Lippen suchten meine. Unsere Herzen schlugen im selben Takt, wie ein fernes Trommeln. Und dann versank alles um uns herum. Sogar der Nebel war wie weggewischt.

* * *

Tja, so ist das. Manchmal geht es sehr schnell. Mit bösen wie mit guten Überraschungen! Jedenfalls hatte ich eine ausgezeichnete Therapie gefunden, um meine Komplexe gegenüber diesem Viertel loszuwerden. Ich fühlte mich wie neugeboren. Ein neuer Mensch. Alles weitere würde sich finden. Na ja, so einiges mußte ich noch suchen. Zum Beispiel die Lösung des Rätsels, das dieser verdammte Lenantais mir aufgegeben hatte. Dafür hatte ich nämlich genauso wenig Anhaltspunkte wie gestern abend. Vielleicht würde der Zufall... Bis jetzt war ich ganz gut mit ihm klargekommen. Ich sah zu Bélita hinüber. Sie wachte auf. Ich ging zu ihr ans Bett.

„Sag nichts", murmelte ich und strich ihr übers Haar. „Wir können nichts dazu... weder du noch ich."

Die Zigeunerin lächelte mich an.

„Woher weißt du, daß ich etwas sagen wollte?" fragte sie.

„Du könntest es bereuen..."

Sie schwieg.

„... und vor allem könntest du ‚Guten Morgen' sagen."

„Guten Morgen."

Sie nahm meine linke Hand und streichelte die Handfläche.

„Wie sieht's mit der Zukunft aus?" fragte ich.

„Du weißt doch, daß ich nicht aus der Hand lesen kann", antwortete sie abweisend und ließ meine Hand los.

„Von wegen! Hast du etwa nicht vorausgesehen, daß wir zusammen schlafen würden?"

„Vielleicht."

„Siehst du? Und was noch?"

„Nichts."

Ihr Gesicht wurde noch abweisender. Ich hob ihr Kinn an und zwang sie, mir in die Augen zu blicken.

„Du hast gesehen, daß mir bald ein Dachziegel auf den Kopf fällt."

Sie machte sich los.

„Aber nein. Das ist doch dummes Zeug."

„Stimmt. Sonst würde ich dich sofort engagieren, damit du meine Fälle für mich löst. Und jetzt würdest du sozusagen im

Handumdrehen Lenantais' Geheimbotschaft entschlüsseln. Aber auch, wenn du mit dem Dachziegel nicht ehrlich bist... Nur keine Sorge! Die treffen mich nur selten richtig. Und außerdem behalten die Orakel bei mir nie recht. Mein Horoskop zum Beispiel. In der Zeitung steht: Eine gute Woche für Fische, Geldsegen. Ich warte, und was passiert? Nichts. Jedenfalls kein Geldsegen. Du siehst also, die Sterne meinen's gut mit mir. Aber mal davon abgesehen... Was ißt du zum Frühstück?"

„Irgendwas."

„Dann werd ich mal Croissants holen."

Ich steckte mir 'ne Pfeife in den Mund und ging einkaufen. Es war kalt. Aber der Nebel hatte sich verzogen. Eine gelbe Sonne kitzelte die kahlen Akazien der Rue de Tolbiac. Passanten eilten an mir vorbei. Ein ganz gewöhnliches Arrondissement, ein Viertel wie jedes andere. Mit seinen Geschäften, seinen Bistros, seiner Zeitungsverkäuferin... eine Ausgabe der vielen Frauen, die mit denselben Ausgaben an jeder Ecke stehen, schlechtgekleidet, mit roter Nase und scharzen Fingern (von der Druckerschwärze), die aus fingerlosen Handschuhen sehen.

Ich kaufte die Fünfuhr-Ausgabe des *Crépuscule* und ging ins Bistro an der Ecke Rue Nationale, um sie bei Kaffee und Sandwich zu lesen. Marc Covet hatte mich nicht im Stich gelassen. Wie ich's ihm aufgetragen hatte, hatte er einen ziemlich langen Artikel über Lenantais' Tod hingeschmiert. Covet erinnerte sogar noch an die Banknotengeschichte, die „der ruhig gewordene Anarchist Albert Lenantais, so sein richtiger Name, Opfer des Überfalls von Nordafrikanern, wohnhaft in der Rue des Hautes-Formes", verwickelt gewesen war. Der trinkfreudige Journalist hatte seine Sache gut gemacht. Jetzt mußte ich nur noch darauf warten, daß jemand diesen Artikel las und reagierte. Tja, aber wer? Und wie? Gelesen würde der Artikel auf jeden Fall. Das war nicht das Problem. Und vielleicht würde auch ein Leser ihn an den Rundfunk schicken, Abteilung „Vermischtes". Und in ein paar Monaten würde ein

Redakteur die Lösung des Falles liefern, hinter der ich im Moment herrannte. Immerhin auch schon was. Ich mußte nur geduldig sein.

Ich verließ das Bistro und ging in eine Bäckerei, dann in ein Milchgeschäft. Mit Croissants und Milch kehrte ich in die Passage zurück. Bélita stand in dem kleinen Vorhof und war gerade dabei, die verwelkten Blumen, die ich gestern abend rausgeschmissen hatte, in einen Mülleimer zu werfen. Ihr Morgenmantel gähnte, was das Zeug hielt, und ließ mehr als ihre Formen erahnen.

„Das ist nicht der richtige Augenblick, um krank zu werden“, sagte ich. „Frierst du nicht?“

„Nein.“

„Ich auch nicht.“

Ich stellte die Milchflasche auf den Boden, legte die Croissants daneben und zog die Zigeunerin gierig an mich. Wie ein Gymnasiast!

„Nach Tabak, Kaffee und Schinken“, lachte ich.

Ihr Gesichtsausdruck wurde hart. Nanu, sollte ihr mein kleiner Scherz nicht gefallen haben? Ich mußte wohl in Zukunft etwas vorsichtiger sein. Bélita versuchte, sich loszumachen. Sie sah an mir vorbei. Ich drehte mich um.

Hinter dem Törchen stand ein Kerl, die Hände tief in den Taschen seiner rissigen Lederjacke vergraben. Etwa so groß wie ich, jung, sehr hübsch für einen Menschenfresser. In seinem gebräunten Gesicht leuchteten durchdringende blaue Augen. Ein gezwirbelter Schnurrbart schmückte seine Oberlippe. Ein verbeulter Hut saß schief auf dem rechten Ohr, an dem ein goldener Ring baumelte. Eine blaue Korkenzieherhose fiel auf fast neue Schuhe. Am schlimmsten war sein gemeines Grinsen, das eine Reihe spitzer Zähne entblößte.

„Salvador, hm?“ flüsterte ich dem Mädchen zu.

Als Antwort schloß Bélita die Augen. Gestern Dolorès. Heute Salvador. Der Teufel schickt seine Soldaten aus.

Ich ging auf den Kerl zu.

„Was gibt's?“ fragte ich.

Salvador rührte sich nicht.

„Los, mitkommen!" stieß er hervor.

„Wer? Ich?"

Er antwortete nicht sofort. Tötete mich erst mal mit seinem Blick. Nie würde ich für ihn das bekannte Lied singen! Wir zwei konnten keine Freunde werden.

„Sie", sagte er schließlich. „Isabelita. Also, was ist, du Hure?"

„Ist das 'ne Parole?"

„Wieso Parole?"

„Weiß ich nicht. Also, was soll sein?"

„Schnauze. Du kommst sofort mit, Isabelita!"

Er bewegte sich immer noch nicht. Der Kerl war zu allem fähig. Dachte wohl, er müßte nur befehlen „Komm mit", und Isabelita würde mitkommen. Einfach so. Also wirklich, Leute gibt's!

„Ja, Scheiße!" sagte ich. „Du haust jetzt ganz schnell wieder ab. Aber alleine!"

„Wie viele seid ihr?" fragte er verächtlich.

„Zwei auf jeden Fall..."

Ich holte meine Kanone raus und machte noch einen Schritt auf ihn zu.

„... Zisch ab, Salvador!"

Damit hatte er nicht gerechnet. Er blinzelte den Revolver an, als habe er so was noch nie gesehen. Oder aber das Ding machte nach einer Schrecksekunde genausoviel Eindruck auf ihn wie 'n Riegel Schokolade. Auch möglich.

„Da vorne kommt Blei raus", erklärte ich ihm. „So blöd kannst du doch nicht sein, daß du das nicht weißt, hm?"

„Hurensohn", zischte er wütend.

Also, so langsam hatte ich die Nase voll von der Zigeunerfolklore. Das heißt, eigentlich gehört das gar nicht zur Folklore. Dieselben Wörter bezeichnen überall dasselbe.

„Mit Blei in der Birne kannst du nicht mehr hinter deinen Cousinen herrennen", machte ich ihm klar. „Und glaub bloß nicht, daß ich bluffe. Hier gibt's keine Zeugen."

Die Fensterläden am Haus gegenüber waren fest verschlossen. Sollte jemand mit Stielaugen dahinter stehen – erst wegen Bélita in ihrem Morgenmantel, jetzt wegen unserer kleinen Plauderei –, dann war er jedenfalls nicht zu sehen.

„Erst eine Kugel in die Beine, dann die zweite in die Luft, zur Warnung. Hau ab, Salvador, ich sag dir's nicht nochmal..."

Salvador blinzelte immer noch den Revolver an.

„... Und keinen Scheiß! Sieht so aus, als hättest du grade was vor. Halte dich zurück, weil, du weißt..."

„Ja, ich weiß."

Seine Lippen zitterten. Er dachte nach. Das dauerte 'ne Weile. Vielleicht hatte er keine Übung darin. Endlich trat er doch den Rückzug an.

„Ich hau ja schon ab", sagte er.

Er räusperte sich, spuckte aus und verschwand. Ich hatte ein saumäßiges Gefühl. Mein Sieg schmeckte mir nicht. Er war zu glatt. Irgendwas würde noch kommen. Irgendeine Sauerei. Ich folgte ihm ein paar Schritte auf die Straße, um seinen Rückzug zu überwachen. Langsam ging er in Richtung Rue Nationale. Plötzlich drehte er sich um und sah mich mit flammendem Blick an, sprungbereit. Schade um sein Gesicht. Ich verpaßte ihm eins genau auf den Punkt. Er taumelte zurück, fing sich aber und stürzte sich auf mich. Jetzt war er auch zu zweit. In seiner Hand sah ich ein feststehendes Messer. Wieder ein Tag, der gut anfing! Ich wich dem Stoß aus, packte mit meiner Linken sein Handgelenk. Gespannt wie Violinsaiten, standen wir dicht beieinander. Unser Atem vermischte sich. Ich schlug ihm mit dem Revolver auf die Hand. Das Messer fiel mit metallenem Geräusch auf das holprige Pflaster. Ich schoß es weit weg, unter die Tür von Lenantais' Schuppen, Lumpen und Altmaterial. So war die Waffe für Salvador außer Reichweite.

„Und jetzt", sagte ich, „keine Zicken mehr. Wir werden schon beobachtet."

Zwei Araber, unterbeschäftigt, wie es nur Araber sein kön-

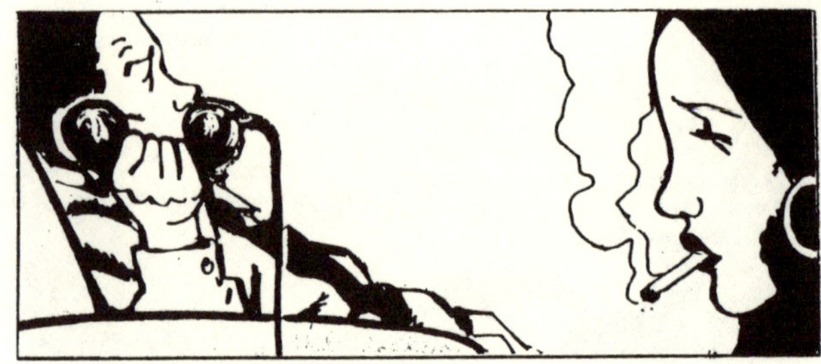

nen, standen auf dem Bürgersteig der Rue Nationale. Interessiert verfolgten sie das kleine Handgemenge in der Rue des Hautes-Formes. Salvador wollte genausowenig auf sich aufmerksam machen wie jeder andere. Wenn er doch wenigstens eine Gitarre bei sich gehabt hätte! Hatte er aber nicht. Er knurrte irgendetwas, stieß mich heftig zurück. Ich knallte vor Lenantais' Tor. Der Zigeuner nahm seine Beine in die Hand und verschwand. Die Araber sahen enttäuscht aus.

Ich eilte wieder zu Bélita. Dieser Salvador wußte jetzt, daß ich mir ihr schlief. Also nichts wie weg aus dieser ungesunden Gegend. Denn bald würde er wiederkommen, und bestimmt nicht alleine!

7

Der Unbekannte

Ein Taxi brachte uns in meine Privatwohnung. Die aufregenden Stunden, die ich hinter mir hatte, verlangten ein erfrischendes Bad und frische Wäsche. Dann rief ich Hélène im Büro an, meine Sekretärin. Erstens, um sie wegen meines langen Fortbleibens zu beruhigen, und dann, um zu erfahren, ob jemand angerufen hatte. Florimond Faroux zum Beispiel. Das schöne Kind (das zweite!) versicherte mir, es herrsche eine himmlische Ruhe. Als nächsten rief ich einen Arzt aus meinem Bekanntenkreis an, danach einen zweiten. Nette Kerle, die in Broca gearbeitet hatten, in Bichat, sogar in Cochin. In die Salpêtrière hatten sie aber praktisch nie einen Fuß gesetzt. Sie kannten niemanden dort. Erst ein dritter, ein Gewerkschaftsmitglied, lieferte mir die gewünschte Information. Ich sollte mich, mit einem schönen Gruß von ihm, an einen Krankenpfleger namens Forest wenden. Der war angeblich schlau, zuverlässig und diskret. Na ja, das, was ich von ihm wollte, war kein Kunststück.

An die Arbeit! Ich zog meine Winterjacke wieder an. Bélita wollte mich unbedingt begleiten. Ich hatte nichts dagegen. Von denen, die ich heute interviewen wollte, kannte sie einige mehr oder weniger gut. So würde man vielleicht schneller ins Gespräch kommen.

* * *

Ich begann in der Salpêtrière. Dieser Forest war ein junger Mann mit ernstem Gesicht. Einer von denen, die versuchen, den historischen Materialismus zu verarbeiten. Lobenswert. Am besten, ich redete offen mit ihm.

„Mein Name ist Nestor Burma“, begann ich. „Ich bin Privatdetektiv. Raoul hat mich zu Ihnen geschickt. Ich brauch 'ne Auskunft über diesen Benoit, den Lumpensammler, der gestern hier gestorben ist.“

„Ach, ja! Der Anarchist?“ fragte er lächelnd.

Gleich würden wir uns über die Vor- und Nachteile von Anarchismus und Marxismus unterhalten. Um das zu verhindern, machte ich's kurz:

„Ja, der Anarchist. Kannte hier im Haus einen Arzt. Vielleicht hat er sich bei der Aufnahme nach ihm erkundigt. Ich wüßte gern den Namen des Arztes. Geht das?“

„Sicher. Dauert aber 'n Weilchen. So im Laufe des Tages ...“

„Hier ist die Telefonnummer meines Büros. Meine Sekretärin sitzt direkt neben dem Apparat. Geben Sie nur den Namen durch, dann weiß ich Bescheid.“

Mit meiner Visitenkarte gab ich ihm etwas Geld. Vielleicht war er mit seinem Gewerkschaftsbeitrag im Rückstand. Hätte mich aber gewundert. Sehr würdevoll lehnte er ab.

* * *

Bélita hatte am Quai d'Austerlitz auf mich gewartet. Übers Geländer gelehnt, beobachtete sie einen Frachter, der den Hafen verließ. Zusammen gingen wir in die Rue de l'Interne-Loeb – böse Zungen sprechen vom Internierten –, nicht weit von der Poterne des Peupliers. Hier wohnte ein Kollege von Lenantais. Lumpen, Eisen, Knochen und Papier. Die Lager-Wohnung lag direkt an der ehemaligen Ringbahn, auf deren Gleise jetzt die Waggons des Güterbahnhofs von Rungis standen.

Die Baracke des Altwarenhändlers stand auf dem unbebauten Teil der Rue de l'Interne-Loeb hinter der Rue du Docteur-Tuffier. Wir wurden von einem Bretterzaun und danach von einem bellenden Köter erwartet, der an seiner Kette zerrte. Um zu der Baracke zu gelangen, mußte man sich zwischen mehr oder weniger beachtlichen Stapeln uralter Klamotten

hindurchschlängeln. Auf den Gleisen verstreut lag Altpapier, das der Wind hinübergeweht hatte. Hinter einem Trenngitter sah man den Boulevard Kellermann. Der Hausherr war schon ziemlich alt. Mit Kennerblick taxierte er meine Kleidung. Bélita stellte ihn mir als Vater Anselme vor. Er und Benoit-Lenantais hatten geschäftlich miteinander zu tun gehabt. Um meinen Besuch und meine Neugier für seinen Ex-Kollegen zu rechtfertigen, tischte ich ihm irgendein Märchen auf. Weiß nicht, ob er's mir abnahm.

„War 'n guter Kerl", sagte Vater Anselme. „Fleißig und alles. Was hab ich da in der Zeitung gelesen? Soll was mit Falschgeld zu tun gehabt haben? Kann ich gar nicht glauben... Er ist sicher deswegen umgebracht worden."

„Wegen Falschgeld?"

„Nein, weil er fleißig war."

„Ach!" wunderte ich mich. „So ist das also hier im Arrondissement? Die Faultiere machen die Gesetze und bringen die Fleißigen um?"

„Das mein ich nicht. Wollte nur sagen: Ich weiß, wer für die Messerstiche verantwortlich ist."

„Ach ja? Wer denn?"

„Joanovici."

Meine Hoffnungen schwanden.

„Joanovici?"

„Natürlich, verdammt! Der hat die Branche in Verruf gebracht. Jeder weiß, daß er Lumpensammler ist... und Milliardär. Also meinen alle, Lumpensammler sind Milliardäre. Oder zumindest Millionäre. Jedenfalls stinkreich. Benoit hat gearbeitet wie 'n Pferd. Deshalb wurde er für noch reicher gehalten. Und deshalb ist er überfallen worden. Ist nicht der erste... und nicht der letzte, der dran glauben mußte. Vor einem Monat ist die Marie... sie kennen die Marie nicht, M'sieur?... Macht nichts... Und du?..." Er sah Bélita an. „... Du kanntest doch die Marie, oder?"

„Nein", antwortete die Zigeunerin.

„Nein? Ich dachte... Na ja, egal... Weil... alle kannten die

Marie, da dachte ich... Na ja. Vor einem Monat jedenfalls hat man die Marie... pffft..." Er fuhr sich vielsagend über die Kehle. „Und nur, weil einer glaubte, sie würde im Geld schwimmen. Und dann ist sie auch noch vergewaltigt worden. Vergewaltigt! Stellen Sie sich das mal vor!..."

Ich stellte es mir vor.

„Ich leg keinen Wert drauf, daß mir das auch passiert", fuhr er nachdenklich fort. „Deswegen hab ich den Köter."

Da mußte schon jemand verdammt auf den Hund gekommen sein, um Vater Anselme vergewaltigen zu wollen. Aber man kann nie wissen. Heutzutage... Wir verabschiedeten uns von dem alten Schwätzer. Wenn Lenantais' Bekannte alle von diesem Kaliber waren, konnte ich meine Nachforschungen für den Volkslauf von Montmartre anmelden. Das ist das langsamste Rennen der Welt, wie jeder weiß.

* * *

Meine Befürchtung traf zu: die anderen Geschäftspartner hatten mir auch nichts zu erzählen. Dazu waren sie auch noch unsympatisch. Sowohl der eine vor dem Mittagessen als auch die beiden, die wir uns zum Dessert vornahmen. Inzwischen legte sich wieder Nebel auf Paris. Drohte genauso übel zu werden wie gestern abend. Abel Benoit? Ach ja, natürlich! Klar, man kannte sich. Hat aber nicht viel geredet. Kümmerte sich nicht um andere. Also kümmerte man sich auch nicht um ihn. Also, dann hieß er eigentlich Lenantais? Machte Falschgeld? (Das bewies wenigstens, daß die Kerle Covets Artikel gelesen hatten; übrigens war er inzwischen auch in *France-Soir* und *Paris Presse* erschienen). Und *Anarchiss* war er auch? Sollte man gar nicht meinen. Hielt manchmal so komische Reden, wenn er mal das Maul auftat... Wenn gewählt wurde, zum Beispiel. Aber kein schlechter Kerl, wirklich nicht, nur so komische Ideen. Wie die mit dem Weib, im Vertrauen... Was wollte er mit dieser Zigeunerin? Sind doch alles Ganoven, diese Romanos. Außer vielleicht... (Fettes Gelächter)...

Schließlich, ein *Anarchiss* hat vor nichts Schiß... Der Kerl, der so redete, war allerdings höchst respektabel. Setzte zwischendurch ständig 'ne Literflasche an den Hals und war schon ganz schön besoffen. Der einzige, der über Lenantais herzog. Klar, ein Kollege, der nicht trank...! Und sich dazu noch 'ne Zigeunerin aufhalste... und vielleicht nicht mal mit ihr schlief! Und wenn er mit ihr schlief: der Altersunterschied und die fremde Rasse und alles... Eine Schande! Wenn er nicht mit ihr schlief: schön blöd!

Erleichtert verließ ich auch diesen „guten Freund". Das Interview hatte mir gestunken, nicht nur im wörtlichen Sinne.

* * *

Unsere enttäuschende Runde führte uns in die Rue des Cinq-Diamants. Im 13. Arrondissement haben viele Straßen entzückende und malerische Namen. Alles fauler Zauber! In der Rue des Cinq-Diamants gibt's keine Diamanten; in der Rue du Château-des-Rentiers steht vor allem das Asyl Nicolas-Flamel; in der Rue des Terres-au-Curé hab ich noch keinen einzigen Priester gesehen; und in der Rue Croulebarbe befindet sich nicht die Académie Francaise. Dagegen die Rue des Reculettes... hm... und die Rue de l'Espérance... Das Geheimnis Lenantais stand auch nicht grade im Zeichen der Hoffnung.

Von einer Telefonzelle aus rief ich Hélène im Büro an. Hatte ein Mann namens Forest angerufen? Nein.

„Dann laß uns mal in die Rue Watt gehen", schlug ich Bélita vor. „Wird mir zwar auch nicht weiterhelfen zu sehen, wo er angeblich überfallen wurde, aber eine Enttäuschung mehr oder weniger... dann haben wir's hinter uns, und der Tag ist gelaufen."

Also gingen wir in die Rue Watt.

Eine höchst malerische Straße, zutiefst geeignet für Überfälle aller Art, vor allem nachts. Der mittlere Teil führt unter den Bahngleisen der Orléans-Strecke und denen des Güter-

bahnhofs hindurch. Ganz schön düster an einem Novembertag, und dann noch in der Abenddämmerung! Man wird von einem unangenehmen Gefühl gepackt, einem Gefühl von Niedergeschlagenheit, dem Gefühl, unter der niedrigen Unterführung zu ersticken. Im spärlichen Licht vereinzelter Laternen sah man die dünnen Eisenträger. An den Seitenmauern dieses feuchten, engen Ganges rann glänzend schmutziges Wasser runter. Wir benutzten den Gehsteig, der mehr als einen Meter über der Fahrbahn liegt, geschützt durch ein Geländer. Über unseren Köpfen donnerte ein Zug hinweg. Der Höllenlärm ließ alles erzittern.

Wie ich schon vermutet hatte, fand ich nichts in der Rue Watt, was mir weiterhelfen konnte. Insgeheim hatte ich die Hoffnung gehegt, daß irgendein Haus, ein Detail, was weiß ich, in meinem Gehirn einen Mechanismus auslösen würde. Aber genausogut konnte man an den Weihnachtsmann glauben.

Hinter dem Tunnel, von der Rue de la Croix-Jarry bis zum Quai de la Gare, sieht die Rue Watt ganz normal aus. Häuser auf beiden Seiten, darüber der Himmel. Die Fassaden jedoch sind nichtssagend: keine besonderen Kennzeichen. Wir kehrten wieder um. Diesmal kamen wir in den geräuschvollen Genuß eines endlos langen Güterzuges.

Über die abschüssige Rue Cantagrel gelangten wir wieder in das Zentrum des Arrondissements. Dabei kamen wir an einer Entbindungsklinik vorbei, die komischerweise nach Jeanne d'Arc benannt ist, der Jungfrau von Orléans. Es gibt Leute, die schrecken vor nichts zurück. Etwas weiter liegen die Werkstätten der Heilsarmee, dahinter das Obdachlosenasyl, hoch, mit breiten Fenstern. Im Erdgeschoß die hellgestrichenen Verwaltungsräume dieser barmherzigen Organisation. Davor eine Art Baldachin auf schrägen Pfosten. Wie 'ne Filmkulisse. Zwei Heilsarmisten größten sich vor dem Eingang mit vibrierender Stimme: „Halleluja!" Die Heilsarmee! Konnte mir nicht vorstellen, daß Lenantais sich hier rumgetrieben hatte. Höchstens, um die Schüler von William und

Evangeline Booth in Widersprüche zu verwickeln. Aber die hätten auf seine Unverschämtheiten bestimmt nicht mit Messerstichen geantwortet... Adieu, Watt! Ich geb's auf.

* * *

Es wurde höchste Zeit für einen kleinen Imbiß. Wir gingen in die Brasserie Rozès. Vorher rief ich noch mal kurz im Büro an.

„Kein Forest am Apparat, Chef", antwortete Hélène auf meine Frage. „Überhaupt keiner."

Sofort danach rief ich in der Salpêtrière an.

„Forest bitte, Krankenpfleger. Dringender Fall."

„Oh, Monsieur Forest ist schon vor einigen Stunden gegangen, M'sieur. Sein Dienst beginnt erst wieder morgen früh... Wie bitte? Also, etwas höflicher könnten Sie schon sein!"

Wir aßen schweigend. Der verlorene Tag schlug mir auf den Magen.

„Ich lade dich ins Kino ein, Bélita", sagte ich und schob das Wechselgeld in die Tasche. „Im Palace-Italie läuft ein Kriminalfilm. Vielleicht fällt mir dabei was Intelligentes ein."

Aber nach dem Film hatte ich genausoviele Ideen wie vorher.

„Weißt du, Bélita", brummte ich, „diese Lumpenfritzen von heute hätten wir uns schenken können. Der einzige, der mir vielleicht – vielleicht! – weiterhelfen könnte, ist der Medizinmann in der Salpêtrière. Jedenfalls hatte Lenantais genug Vertrauen zu ihm, daß er sich von ihm behandeln lassen wollte. Kommt vielleicht nicht viel dabei raus, aber er ist der einzige Joker, den ich im Ärmel habe. Ich dachte, durch den Pfleger könnte ich seinen Namen erfahren... vorausgesetzt, Lenantais hat ihn genannt... aber ich hab den Eindruck, dieser Forest ist nicht so pfiffig wie..."

Bélita unterdrückte einen Schrei.

„*Madre de Dios!* Der Arzt!"

„Was ist mit dem Arzt?"

„Der ihn mal zu Hause behandelt hat. Ist schon lange her. Fast zwei Jahre. Jetzt fällt's mir wieder ein. Vielleicht ist der das…"

„Das ist er bestimmt. Ärzte kannte Lenantais sicher weniger als Trödler."

Die Zigeunerin schüttelte traurig den Kopf.

„Aber ich weiß nicht mehr, wie er hieß. Tja…"

„Aber wenn er ein Rezept ausgestellt hat, dann steht alles drauf: Name, Adresse, Telefon. Hat er ein Rezept ausgestellt?"

„Ja! Ich selbst bin damit zur Apotheke gegangen."

„Also wieder zurück in die Rue des Hautes-Formes, *querida*. Wenn er das Rezept aufbewahrt hat, werd ich's schon finden. Wenn nötig, blättere ich alle Bücher durch. Die Flics haben sich bestimmt nicht für Rezepte interessiert…"

Wir gingen von der Rue Baudricourt aus in die Passage. Das gleiche Bild wie gestern abend. Gottverlassen und düster. Der Nebel war zwar nicht ganz so dicht, aber er hatte das Viertel fest im Griff. Keine Menschenseele zu sehen. Ich behielt jeden Winkel im Auge, für den Fall, daß Dolorès oder Salvador (oder beide) auf uns warteten, den Kopf voll übler Gedanken. Panthersprung und Dolchstoß waren von denen immer zu erwarten. Aber meine Sorge war unbegründet. Ohne Zwischenfall gelangten wir in den Vorgarten von Bélitas Zuhause. Als ich die Hintertür zu Lenantais' Schuppen aufstoßen wollte, hatte ich dieselben Schwierigkeiten wie beim ersten Mal. Die Tür wollte sich nicht öffnen lassen. Die Lumpen, die ich auf einen großen Stapel gelegt hatte, mußten wohl wieder quer hinter der Tür liegen. Oder jemand hatte sie wieder runtergeworfen… jemand, der hier rumgeschnüffelt hatte… und vielleicht noch im Lager war und bei seiner Inventur gestört wurde… Drinnen war es dunkel; aber das wollte nichts heißen. Der Schuppen hatte kein Fenster, und der nächtliche Besucher hätte schnell das Licht ausknipsen können, als er jemanden an der Tür hantieren hörte.

„Laß mich vorgehen“, flüsterte ich Bélita ins Ohr. „Wo ist der Lichtschalter?“

Ich nahm meine Kanone in die Hand und schlüpfte durch den Türspalt. Fast wäre ich über die Lumpen gestolpert. Aber davon abgesehen, erreichte ich den Lichtschalter ohne weiteres Hindernis. Ich machte Licht. Die Birne warf ihr fahles Licht auf das unveränderte Durcheinander. Ich sah mich um. Niemand da. Jedenfalls niemand, der lebte.

8

Eine Leiche auf Reisen

Diesmal blockierte kein Haufen alter Lumpen die Tür. Winterjacke, Weste, Hose, Schuhe waren in zu gutem Zustand, als daß sie für den Müll bestimmt sein konnten. Ich steckte mein Schießeisen wieder ein, beugte mich über die Leiche, packte sie bei den Füßen und schleifte sie zum Licht. Der Kerl war etwa so alt wie Lenantais, so um die sechzig. Seine tiefliegenden Augen hatten zu Lebzeiten bestimmt nicht übermäßig freundlich in die Welt geblickt. Das verschlagene Gesicht drückte Erstaunen und Ungläubigkeit aus. Der Kerl war wohl auf alles gefaßt gewesen, nur nicht, ein Messer in den Rücken zu kriegen. Als ich die Leiche nämlich umdrehte, sah ich, daß der Mann erstochen worden war. Die Klinge war ihm durch die Jacke und alles übrige mitten ins Herz gedrungen. Der Tod mußte sofort eingetreten sein. Ein Meisterstück. Der Mörder hatte ganze Arbeit geleistet. Ich hörte Bélita neben mir aufstöhnen. Bleich und mitgenommen hing sie über einem Stapel Plunder, der umzukippen drohte. Sie wurde von einem heftigen Krampf geschüttelt und erbrach sich.

„Reg dich nicht auf", versuchte ich sie zu beruhigen. „Du kennst Nestor Burma erst seit vierundzwanzig Stunden. In ein paar Monaten wirst du dich dran gewöhnt haben. Was Besseres als solche Entdeckungen kann mir gar nicht passieren! Und jetzt, nimm dich zusammen und sieh dir die Leiche an. Kennst du den Mann?"

Ich drehte die Leiche wieder auf den Rücken. Bélita überwand sich und beugte sich über den Toten.

„Nie gesehen", flüsterte sie und sah schnell wieder woandershin.

„Auch gut. Vielleicht hat er irgendwelche Papiere bei sich."

Ich durchwühlte seine Taschen. Keine Papiere, keine Zigaretten, keinen Sou. Plötzlich fiel mein Blick auf die Hintertür, die wir unvorsichtigerweise nicht zugezogen hatten. Ich ging hin und holte es nach. Dann untersuchte ich das Eingangstor. Es stand ganz leicht auf. Auf dem Boden mußte Salvadors Messer liegen, das ich von draußen hier hineingeschossen hatte. Wahrscheinlich zwischen den Vorderrädern des alten Lieferwagens. Aber keine Spur von einem Messer. Na ja, das wenigstens war nicht schwer zu verstehen.

„Salvador ist zurückgekommen, Bélita", stellte ich fest. „Wollte sein Messer holen und mir vielleicht bei der Gelegenheit den Bauch aufschlitzen. Unser Zusammensein verletzt seine Gefühle. Als er sich reinschlich, schnüffelte gerade dieser Kerl hier rum. Wegen der Winterjacke hat er ihn sicher mit mir verwechselt. Von hinten kann einem das schon mal passieren. Und von weitem... Salvador war doch bestimmt stark im Messerwerfen, hm?"

„Oh, ja!" bestätigte Bélita entsetzt.

„Hat gut getroffen. Und als er sah, daß er den Falschen erwischt hatte, nahm er sich die Taschen des Opfers vor. Nur um wenigstens die Spesen wieder reinzukriegen."

Ich fragte mich, wer dieses Opfer sein konnte und was der Mann hier gesucht hatte. Ich sah mich kurz im Lager um. Vielleicht verriet mir eine Kleinigkeit die Antwort auf die beiden Fragen. Ich versuchte mir vorzustellen, wo der Mann gestanden hatte, als der Tod auf ihn zugesaust kam. An etwa der Stelle lag eine Zeitung, die nur von dem Unbekannten oder von dem Zigeuner mitgebracht worden sein konnte. Eher von dem Unbekannten, wenn ich mir's recht überlegte. Es war die heutige Ausgabe des *Crépuscule*, aufgeschlagen auf der Seite mit Covets Artikel über Albert Lenantais. Mich traf also eine gewisse Mitschuld am Tod des alten Knaben.

„Die Flics müssen ihn nicht unbedingt hier finden", sagte ich. „Müssen auch nicht wissen, daß er sich für unseren gemeinsamen Freund interessierte. Andererseits möchte ich

gerne wissen, wer er ist. Und das können die Flics besser und schneller rauskriegen als ich. Ich werd ihn irgendwo hinlegen, wo er nicht zu lange vor sich hinschimmelt. Aber erst mal müssen wir das Rezept finden…“

Ich deckte die Leiche mit irgendeinem Fetzen zu. Dann gingen wir nach oben, um ein wenig in Lenantais' Privatsachen rumzustöbern. Ich fand nichts. Aber man kann auch nicht Schlag auf Schlag alles finden, erst 'ne Leiche, dann 'ne wertvolle Information. Alles hat seine Grenzen. Man muß bescheiden sein.

„Also, dann los“, sagte ich und sah auf meine Uhr. „Hoffentlich hat sich der Nebel nicht aufgelöst…“

Ich sah hinaus in die Rue des Hautes-Formes. Eine ruhige Nacht in dichtem Nebel. Es würde gehen.

„Läuft die alte Kiste?“ fragte ich Bélita. „Kann ihn schlecht auf dem Rücken durch die Gegend schleppen.“

Der alte Ford sprang ohne weiteres an. Ich hievte die Leiche auf die Ladefläche. Keine leichte Arbeit. Todesmutig half Bélita mir dabei. Und als ich mich hinters Steuer klemmte, setzte sie sich auf den Beifahrersitz. Sie wollte mich unbedingt begleiten. Ich konnte es ihr nicht ausreden. Dieses heißblütige Mädchen kriegte nicht leicht kalte Füße!

Wir ließen Lenantais' Lager dunkel und relativ verschlossen alleine zurück. Rumpelnd fuhren wir durch die Rue Nationale und bogen dann links in die Rue de Tolbiac ein. Auf der Kreuzung Rue de Patay wär uns beinahe ein Wagen in die Karre gefahren. Dieser alte Versager! Ich will ja wohl zugeben, daß die Scheinwerfer nicht kilometerweit zu sehen waren – sie leuchteten grade mal so weit, wie's unbedingt nötig war, um sich nicht zu verfahren –, und dann bei diesem Scheißnebel… Aber trotzdem. Was hatte dieses Arschloch noch so spät durch die Gegend zu heizen? Konnte er nicht im Bett liegen, wie alle anständigen Bürger?

Zur Seine hin wurde der Nebel immer dicker. Drang sogar durch unsere Kleider. Meine Finger waren blaugefroren. Sie krampften sich um das Lenkrad, ohne daß ich's wollte. Trotz

der Kälte schwitzte ich wie'n Affe. Auch Bélita stand der Angstsschweiß auf der Stirn. Ab und zu spürte ich ihren Schenkel. Wir zwei machten 'ne komische Spritztour! Der Herr sei mit uns, daß keiner einen Blick auf die Ladefläche werfe... Wie weit es bis zur Seine war! War sie überhaupt noch in ihrem Bett? Fast bedauerte ich meinen Ausflug. Aber jetzt war es zu spät. Wir fuhren wie durch dreckige Watte. Plötzlich hörte ich das Rollen von Zügen. Pont de Tolbiac! Darunter die Gleise von Paris-Austerlitz. Endlich! Noch 'n paar Meter, und wir waren am Ziel. Ich...

Dieser verdammte Asphaltcowboy! War wohl völlig besoffen. Oder Engländer! Wahrscheinlich beides. Fuhr links, ohne Licht. Und als er merkte, daß sich etwas Beleuchtung nicht schlecht machen würde, war er kaum 'n paar Meter vom Ford entfernt. Wie im Traum sah ich die Scheinwerfer vor uns aufblitzen. Die Regentropfen schimmerten im Licht. Ich riß das Steuer herum und knallte auf den Bürgersteig, daß es nur so schepperte. Mit abgewürgtem Motor blieb ich vor dem Gitterzaun stehen. Der andere wartete nicht lange. War mir auch lieber so! Er hatte einen Schlenker auf die rechte Straßenseite gemacht und war abgedampft. Einen Augenblick lang saß ich wie benommen da. Bei meinem Zickzackkurs war Bélita vom Beifahrersitz gerutscht. Wortlos half ich ihr wieder hoch. Ich wischte mir den Schweiß von der Stirn. Die gelbgestrichene Masse der Kühlhäuser vor uns vermischte sich mit dem Nebel. Der hohe Turm schien enthauptet zu sein. Ich schüttelte mich. Hier konnten wir nicht bleiben. Ich versuchte, den Motor wieder in Gang zu bringen. Er gab nicht den leisesten Mucksser von sich. Scheiße! Einfach abhauen und die Karre mit der Leiche stehenlassen? Sicher, der Unbekannte konnte sich keinen Schnupfen mehr holen... Unter meinem Sitz lag eine Handkurbel. Ich schnappte mir das Ding und stieg aus. Beim ersten Versuch kriegte meine Hand einen Schlag ab. Beim zweiten lachte der Motor kurz auf. Nur kurz. Ich hörte tausend eingebildete Geräusche: Motorenlärm (von anderen Autos!), näherkommende Schritte auf dem Pflaster, heulende

Sirenen. Der dritte Versuch mit der Kurbel war ein voller Erfolg. Vielleicht hätte ich gleich damit beginnen sollen. Ich stieg wieder ein und gab Gas. Jetzt hatte ich's noch eiliger als vorher, meine Ladung an einen ruhigen Ort zu bringen, wo man sie bald entdecken würde. Wir bogen in den dunklen, menschenleeren Quai de la Gare ein. Vereinzelte Straßenlaternen durchbrachen mühsam den Nebel mit ihrem gespenstischem Licht. Auf den Gittern der Lüftungsschächte schliefen einige Clochards den Schlaf der Gerechten, taub für die Aufforderungen des Abbé Pierre. Wie ein Leichentuch hing der eiskalte Nebel über der Seine. Schade um den Wein von Bercy am anderen Seineufer!

Klappernd erreichte der Ford die Uferböschung. Überall, bis hin zum Wasser, lag Alteisen. Der Unbekannte würde sich auf diesem Schrottplatz wie zu Hause fühlen. Hatte sich ja schon bei Lenantais für so was interessiert! Ich hielt an, stieg aus und eilte nach hinten. Meine Hand, die den Toten greifen wollte, griff ins Leere. Durch das Gerüttel und Geschüttel mußte er zur Seite gerutscht sein. Ich tastete nach links und nach rechts. Plötzlich legte sich mir eine Hand auf den Arm. Ich fuhr hoch. Bélita! Ich hatte sie gar nicht kommen hören. Meine armen Nerven! Ich brauchte 'ne Ewigkeit, um meine Streichhölzer zu finden. Als ich sie endlich gefunden hatte, riß ich eins an.

Aber hör mal, Nestor! So was ist doch ganz normal. Das Gegenteil hätte dich überrascht.

Die Ladefläche war leer.

„Wir haben ihn verloren", stellte ich fest und lachte idiotisch. „Ihm hat's bei uns nicht gefallen... oder er ist nicht gerne per Anhalter gefahren. Jetzt müssen wir zum Fundbüro ins 15. Arrondissement, Rue des Morillons. Und dann, in einem Monat, in einem Jahr..."

Bélita sackte zusammen. Ich fing sie auf, bevor sie aufs Pflaster fiel.

„Ist doch nicht so schlimm", tröstete ich sie. „Wir suchen uns 'ne neue..."

Ich half ihr beim Einsteigen. Dann fuhren wir weiter.

„Und was nun?" fragte meine tapfere Freundin.

„Erst mal die Klapperkiste zurückbringen. So spät darf die gar nicht mehr unterwegs sein. Und das mit offener Ladefläche! Hätte mir sofort auffallen müssen... Na ja, jammern nützt jetzt nichts mehr. Also wirklich, ich dachte, Tote schlafen fest...!"

Wir fuhren denselben Weg wieder zurück. Mitten auf dem Pont de Tolbiac glaubte ich, vorne den schmalen, aber kräftigen Lichtstrahl einer Taschenlampe zu entdecken, am anderen Ende der Brücke. Ich gab Gas, dann noch mal, und schon hatte ich das gesehen, was ich sehen wollte: zwei Schatten mit Pelerine beugten sich über einen dritten Schatten, ein längliches Paket, das auf dem Bürgersteig lag.

„Die Flics", bemerkte ich. „Um ein Haar hätten sie uns eben helfen können, den alten Kasten hier wieder flottzumachen. Gut, daß wir's alleine geschafft haben. Dieses Arschloch auf der linken Seite... als ich meine Solonummer hinlegen mußte... Dabei hat unsere Leiche sich verabschiedet!"

Bis zur Rue des Hautes-Formes keine weiteren Vorkommnisse. Ich stellte den Lieferwagen wieder in Lenantais' Schuppen und putzte über alle Stellen, die wir berührt haben konnten. Bélita machte sich etwas unauffälliger zurecht, steckte ihre Ohrringe in die Tasche und ihr Haar unter ein Tuch. Dann machten wir uns zu Fuß auf den Weg. Daß ich in dieser Gegend aber auch immer zu Fuß gegen mußte! An der Place d'Italie fanden wir ein leeres Taxi.

Kaum waren wir bei mir zu Hause, schnappte ich mir die Whiskyflasche. Ich hatte mir 'n Schluck verdient. Bélita, das Opfer von Lenantais' Erziehung, wollte nichts trinken. Ich trank für zwei. Dann legten wir uns in die Falle.

9

Die Leiche gibt Rätsel auf

Wir schliefen nicht grade wie im siebten Himmel. Mich verfolgte diese verdammte Leiche, und in Bélitas Träumen spukte Salvador herum. Das nennt man Arbeitsteilung. Plötzlich schrie die Zigeunerin auf.

„Bitte!" schluchzte sie dann, „bitte! Töte ihn nicht, Salvador. Ich flehe dich an, töte ihn nicht!"

Sie warf sich auf mich. Ihre Hände umklammerten meine Schultern. Ich drückte sie an mich und versuchte, sie zu beruhigen. Aber immer noch stöhnte sie kurz auf. Ja, das war alles etwas viel für ein kleines Mädchen. Sogar für eine Zigeunerin. Auch ich war gut bedient. Von allen Geschichten, mit denen ich bisher zu tun gehabt hatte, gehörte diese hier zur absoluten Sonderklasse. Ein dicker Hund, verdammt nochmal! Aber ich würde den Fall zu Ende bringen. Und dieser tote Alte würde mir dabei helfen, unfreiwillig, so wie er sich von Salvador hatte überraschen lassen. Die Leuchtziffern meines Wekkers zeigten kurz nach fünf. Als sie auf sechs standen, wollte ich schon aufstehen. Diese unnütze Grübelei brachte sowieso nichts ein. Dann konnte ich genausogut ein Bad nehmen und einen Schluck trinken. Entweder ich kriegte einen noch schlimmeren Kater, oder aber er verschwand davon. Der Versuch sollte es mir wert sein. Neben mir hörte ich Bélita regelmäßig atmen. Ihr Alptraum hatte sie von allen Sorgen befreit. Ich fürchtete, ihren ruhigen Schlaf zu stören, zögerte aufzustehen... und schlief wieder ein. Erst um zehn Uhr wachten wir schließlich auf.

Durch den Spalt des Vorhangs fiel ein blasser Strahl der gelben Novembersonne. Was würde der heutige Tag bringen?

Stell keine dummen Fragen, Nestor, und koch Kaffee. Ich kam meiner Aufforderung nach, und kurz darauf brachte ich Bélita eine Tasse ans Bett. Sie lag da in einem meiner Pyjamas, der ihr so ungefähr paßte, und schien zu überlegen.

„Ich glaube“, sagte sie schließlich, nachdem sie den Kaffee getrunken hatte und wieder auf diese Erde zurückgekehrt war, „ich glaube, ich kann dir doch noch nützlich sein. Ich würde dir so gerne helfen, den Mörder unseres armen Benoit zu finden, dieses Schwein. Nur hab ich Angst, *chérie*,... ich bin ein Idiot...“

„Aber nein, *mon amour.*“

Sie ergriff meine Hand und drückte sie.

„*Mon amour!*“ wiederholte sie verträumt, mit einem kummervollen Ton in der Stimme. Dann schüttelte sie sich und fuhr fort: „Vielleicht weiß ich ja doch das eine oder andere. Oder ich hab's gewußt und wieder vergessen. Vielleicht erinnere ich mich wieder, aber dann kann's zu spät sein... Zum Beispiel diese Sache mit dem Arzt! Hat uns nicht weitergebracht, aber ich hätte eher dran denken können...“

„Nicht weitergebracht?“ fragte ich lachend. „Immerhin haben wir dadurch eine Leiche entdeckt.“

Sie erschauderte.

„Eben!“

„Und du meinst, das wär schlecht, hm?“ fragte ich. „Wenn du dich da mal nicht irrst! Das war vielleicht das beste, was uns passieren konnte. Glaub mir, ich hab Erfahrung auf dem Gebiet...“

„Trotzdem hätte ich früher dran denken können“, beharrte sie.

„Das braucht dir nicht leid zu tun. Wenn dir das mit dem Arzt früher eingefallen wär, dann wären wir früher in die Rue des Hautes-Formes gegangen. Und dann hätte Salvador vielleicht mich überrascht, und nicht diesen andern Kerl. Und dann säß ich nämlich nicht hier und könnte mir nicht anhören, wie du dich beschimpfst.“

„Salvador!“ murmelte sie.

Ihre dunklen, goldschimmernden Augen sahen mich angsterfüllt an.

„A propos Salvador", sagte ich. „Keine Alpträume mehr wie heute nacht, ja? Und außerdem brauchst du dich nicht zu entschuldigen. Was hast du dir denn vorzuwerfen?"

„'ne ganze Menge", sagte sie leise und senkte den Kopf.

Ich streichelte ihren Nacken unter der schwarzen Haarpracht.

„Er wird mich nicht töten, *chérie*. Mach dir um mich keine Sorgen. Nicht daß der Mord an dem Unbekannten seine Rachegefühle abgekühlt hätte. Aber ich glaub, im Moment besteht keine Gefahr mehr. Salvador wird sich ruhig verhalten. War zwar kaltblütig genug, sein Opfer zu fleddern, aber mehr auch nicht. Hat nicht mal versucht, die Leiche verschwinden zu lassen. Sagt sich wohl, daß Leichen sowieso irgendwann entdeckt werden. Meiner Meinung nach hat er sich aus dem Staub gemacht und kommt vorerst nicht mehr wieder, er, Dolorès und die ganze Sippschaft. Wo hausen die noch mal?"

„Auf der anderen Seite des Pont National, in Ivry."

„Werd mich da mal umsehen."

„Nein!" rief Bélita. „Nein! Um Gottes willen! Bloß nicht!"

„Gut, dann eben nicht."

Ich küßte sie.

„Außerdem wär das für die Katz. Bin sicher, daß die abgehaun sind. Mord ist schließlich Mord, auch für einen Zigeuner. Vor allem für einen, der bekannt dafür ist, keinen unnötigen Scheiß zu machen. Also, besser, eine Situation nicht noch schlimmer zu machen, die so schon beschissen genug ist. Aber jetzt haben wir genug von diesem Kerl geredet. Du hast aber auch Themen zum Frühstück! Also wirklich..."

„Hab dir doch gesagt, daß ich mich manchmal mit Verspätung an etwas erinnere... Eben hab ich an die Rue Watt gedacht. Da, wo Benoit überfallen wurde..."

„Hat er jedenfalls behauptet", warf ich ein. „Als ich ihn kannte, war er schon ziemlich verschlossen. Hab den Eindruck, daß sich das mit dem Alter noch verstärkt hat."

„Angenommen, er ist tatsächlich in der Rue Watt oder in der Nähe niedergestochen worden..."

„Angenommen. Sollen wir uns etwa noch mal dort umsehen? Mir scheint, wir haben gestern schon alles gesehen, was zu sehen war."

„Das wollte ich auch gar nicht vorschlagen. Aber wir sind an der Heilsarmee vorbeigekommen. Und mir ist gerade wieder eingefallen, daß Benoit mit denen zu tun hatte in der letzten Zeit..."

„Mit den Soldaten der Heilsarmee?"

„Ja. Du hast doch gesehen, daß sie auch 'ne Werkstatt haben..."

„Ich weiß. Lassen alte Möbel restaurieren von Arbeitslosen oder Clochards, die wieder Fuß fassen wollen."

„Tja, und Benoit hat ihnen Möbel verkauft. Altes Zeug, das nur Platz wegnahm..."

„Ja", sagte ich lächelnd. „Er war mit dem gebotenen Preis nicht zufrieden, hat die Leute angeschnauzt, auch weil die an Gott glauben und er Atheist war, und die Soldaten Gottes haben ihn abgemurkst. Daran hab ich auch schon gedacht. Paßt aber nicht zusammen... und außerdem nicht zu dem Brief, den er mir geschrieben hat."

Bélita sah mich traurig an.

„Ja ja, mach dich nur ruhig lustig über mich. Du findest mich reichlich dämlich, hm?"

„Aber nein, *chérie*. Weißt du, Informationen, Tips, Indizien, so was kommt einem nicht einfach so entgegen. Man muß sich mühsam vorwärtstasten, um was zu finden. Und genau das tust du gerade. Du tastest dich vorwärts."

Dann ging ich runter, um die neuesten Ausgaben der Zeitungen zu kaufen. Keine berichtete über eine Leiche, die von Flics auf dem Pont de Tolbiac gefunden worden war.

„Es ist angerufen worden", sagte Bélita, als ich wieder zurück war. „Ich hab abgenommen..."

„Wer war dran?"

„Deine Sekretärin."

„Sehr schön.“

Ich rief zurück.

„Ach, guten Tag, Chef“, sagte Hélène. „Hab vor fünf Minuten versucht, Sie anzurufen. Muß mich wohl verwählt haben!“

„Ach ja? Warum?“

„Eine Frau hat geantwortet. Eine sehr junge Frau, der Stimme nach zu urteilen. Keine sehr schöne Stimme, aber jung.“

„Die Kleine wußte nicht, wo sie schlafen sollte...“

„Und da haben Sie ihr eine Bleibe geboten? Nett von Ihnen, daß Sie so gastfreundlich sind. Richtig, die Kleine nicht auf die Straße zu schicken. Bei den Sittenstrolchen, die überall rumlaufen... Jetzt weiß ich auch, warum man Sie nie im Büro sieht...“

„Das können Sie Faroux erzählen, wenn er mich sprechen will. Hat er sich schon gemeldet?“

„Nein.“

„Um so besser.“

„Dafür aber ein gewisser Forest.“

„Endlich! Und?“

„War nicht sehr gesprächig. Hat nur einen Namen genannt. Dr. Coudérat. Emile Coudérat. Ich nehme an, Sie wissen Bescheid?“

„Wollen wir's hoffen. Emile Coudérat...“ Ich notierte den Namen. „Sehr schön. Danke, Hélène. Wiedersehn.“

„Auf Wiedersehn, lieber Abbé Pierre.“

Ich legte auf.

„Coudérat. Sagt dir der Name was?“ fragte ich Bélita. „Stand so was Ähnliches auf dem Rezept?“

Die Zigeunerin machte ein langes Gesicht:

„Kann mich wirklich nicht mehr erinnern. Wirklich nicht.“

„Macht nichts. Jedenfalls ist das der Arzt, nach dem unser Freund bei der Einlieferung gefragt hat.“

Ich wählte die Nummer des Hôpital de la Salpêtrière. Port-Royal 85-19.

„Hallo? Dr. Coudérat, bitte!“

„Einen Augenblick", sagte eine dünne Stimme.

Kurz darauf dröhnte eine fette Stimme in den Apparat.

„Hallo? Dr. Choudérat arbeitet nicht mehr bei uns, Monsieur."

„Danke."

Ich schnappte mir das Telefonbuch. Coudenc, Couder, Coudérat. E. Coudérat, Dr. med., Boul. Arago, ARA 33-33 Deutete einwandfrei auf einen Arzt hin. Ich wählte die Nummer.

„Dr. Coudérat bitte."

„Der Dotor ist im Augenblick nicht da. Möchten Sie einen Termin?"

„So was Ähnliches."

„So was Ähnliches?"

„Also gut, ich möchte einen Termin."

„Nicht vor 15 Uhr, Monsieur."

„In Ordnung: Schreiben Sie: Nestor Burma. Könnte ich den Doktor vorher vielleicht noch mal anrufen?"

„Ja, Monsieur, zur Mittagszeit."

„Wissen Sie zufällig, ob er in der Salpêtrière gearbeitet hat?"

„Nein, das weiß ich nicht, Monsieur."

„Macht nichts. Vielen Dank jedenfalls, Madame."

* * *

Gegen zwölf kaufte ich den neuen Stapel Zeitungen. Ich überflog *France-Soir, Paris-Presse* und *Crépuscule* von den Schlagzeilen bis zum Impressum. Keine Zeile über meine Leiche. Dafür hatten wir uns also abgerackert, den Toten aus dem Schatten des Schuppens zu zerren!

Gegen eins versuchte ich's nochmal bei ARA 33-33.

Dr. Coudérat war selbst am Apparat.

„Guten Tag, Doktor. Hier Nestor Burma. Ich steh auf Ihrer Sprechstundenliste, heute nachmittag, 15 Uhr."

„Schon möglich. Paßt Ihnen der Termin nicht?"

„Doch, doch. Aber ich will nicht umsonst kommen. Deswegen würde ich gerne wissen, ob Sie irgendwann mal in der Salpêtrière gearbeitet haben."

„Natürlich. Obwohl… ich weiß nicht, was das… Ah ja! Was für Beschwerden haben Sie genau, Monsieur?"

„Gar keine."

„Gar keine?"

„Überhaupt keine. Fühl mich wie der Pont Neuf. Im Moment jedenfalls."

„Und Sie… Ach, verstehe!" Er lachte. „Wie geht es Ihnen, Monsieur Blanche?"

„Ich bin nicht Francis Blanche", antwortete ich und lachte über sein völlig natürliches Mißtrauen. (Seien wir natürlich!, wie der Unterhaltungskünstler sagte.) „Und das soll auch kein telefonischer Aprilscherz sein. Was ich Ihnen jetzt sage, wird Sie allerdings noch mehr vom Gegenteil überzeugen. Ich bin Privatdetektiv, müssen Sie wissen."

„Privatdetektiv? Klar!"

Er glaubte immer noch an einen Telefonscherz. ‚Wird ja immer schöner', mußte er wohl denken.

„Nestor Burma, wie gesagt. Ich steh auf Ihrer Sprechstundenliste, als eingebildeter Kranker, und im Telefonbuch unter der Rubrik ‚Nachforschungen – Beschattungen'. Läßt sich leicht nachprüfen. Meine Frage hat mit dem Beruf zu tun. Mit meinem. Ich kann mich bis drei gedulden, aber wenn ich schon früher kommen könnte, wär's mir lieber. Werd Sie nicht lange belästigen."

„Hm…" Sein Ton hatte sich verändert. „… Meine Sprechstunde beginnt um zwei. Vielleicht könnten Sie etwas früher…"

„Bin in zehn Minuten bei Ihnen. Vielen Dank, Doktor!"

Ich legte auf. Endlich kriegte ich Boden unter die Füße. Hoffte ich zumindest.

„Du brauchst nicht mitzukommen", sagte ich zu Bélita. „Hier drin hast du's warm. Und es ist alles da zum Rauchen, Lesen, Musikhören…"

„Sie war einverstanden. Ich ging alleine hinaus ins feindliche Leben. Dem erstbesten Zeitungsverkäufer kaufte ich die neueste Ausgabe des *Crépu* ab. Hatten die sich jetzt endlich entschlossen, was über meine Leiche zu schreiben? Ja oder...

Scheiße!

BIS ZU SEINEM TOD BRACHTE DER PONT DE TOLBIAC INSPEKTOR NORBERT BALLIN NUR UNGLÜCK, hieß die Schlagzeile auf Seite 1.

Ich las:

Heute nacht gegen 3 Uhr 30 fand eine Polizeistreife des 13. Arrondissements am Anfang des Pont de Tolbiac in Höhe Rue Ulysse-Trélat und Rue du Chevaleret die Leiche eines Mannes, der erstochen und vollkommen ausgeraubt worden war. Das neueste Opfer dieser nächtlichen Überfälle, gegen die endlich drastische Maßnahmen ergriffen werden sollten, konnte schnell identifiziert werden. Es handelt sich um den fünfundfünfzigjährigen Polizeiinspektor i. R. Norbert Ballin. Mindestens zweimal im Leben wurde ihm der Pont de Tolbiac zum Verhängnis. 1936 wurde Inspektor Ballin damit beauftragt, das spurlose Verschwinden eines Mannes aufzuklären, der Angestellter der Tiefkühlfirma des Quai de la Gare gewesen war. Der Geldbote Daniel hatte eine hohe Geldsumme der Firma bei sich getragen. Man hat nie erfahren, ob er mit dem Geld durchgebrannt ist oder das Opfer eines Verbrechens wurde. An einem Abend im Dezember 1936 verliert sich seine Spur auf dem Pont de Tolbiac. Obwohl Inspektor Ballin sich die größte Mühe gab, konnte er den Fall nie aufklären. Auch die Polizeispitzel des Milieus waren ihm keine Hilfe. Aus Rache oder Taktik ließ er einige auffliegen. Vielleicht erhoffte sich der Inspektor davon einigen Wirbel, hatte aber keinen Erfolg. Er gab jedoch nicht auf. Für ihn war der Fall noch nicht abgeschlossen. Wenn irgendwelche Verbrecher gefaßt und zum Quai des Orfèvres gebracht wurden, versuchte er bei Verhören, sie durch Fangfragen über das „Rätsel des Pont de Tolbiac", wie man den Fall vielleicht fälschlicherweise

nannte, in die Enge zu treiben. Aber er hatte kein Glück. Die ständigen Fehlschläge griffen den Inspektor physisch wie psychisch an. Dann wurde er von den Deutschen deportiert. Nach seiner Rückkehr aus Buchenwald sollte er sein seelisches Gleichgewicht nie wieder finden. Er wurde frühzeitig pensioniert. Manche seiner Freunde und ehemaligen Kollegen behaupteten, er suche immer noch die Lösung des „Geheimnisses des Pont de Tolbiac". Man könne ihn häufig in der Nähe Rue du Chevaleret oder an den Quais herumirren sehen. Dieser harmlose, friedliche Wahn muß ihm wohl zum Verhängnis geworden sein. Wie seine früheren „Kunden" kehrte er an den Ort „seines Verbrechens", „seines Falles", „seines Geheimnisses" zurück. Dort fiel er seinen Mördern in die Hände.

* * *

Dr. Coudérat wohnte und praktizierte in einer hübschen kleinen Stadtvilla am Boulevard Arago. Genau zwischen den düsteren Mauern der Santé und denen des Hôpital Broca. An der Eingangstür stieß ich mit einer alten Schachtel zusammen, Jugendstil, die gerade von einem Wagen hier abgesetzt worden war. Gehörte wohl zum festen Patientenstamm des Doktors. Wir wurden ins Wartezimmer geführt. Eine Minute später ließ mich Dr. Coudérat in sein Sprechzimmer in die erste Etage bitten. Der holzgetäfelte Raum ging auf den Garten hinaus, den ein einsamer Sonnenstrahl aufzuheitern versuchte. Aber in dieser Jahreszeit... Dr. Coudérat war ein eleganter Herr mittleren Alters, schlank, von ausgezeichneter Gesundheit. Sein Haar begann sich zu lichten. Die Fassung seiner Brille war mit dem bloßen Auge nicht zu erkennen. Wer ihn ansah, hatte selbst das Gefühl, kurzsichtig zu sein.

„Das ist das erste Mal in meinem Leben, daß ich mit einem Privatdetektiv zu tun haben", sagte er, nachdem wir unsere Handbakterien ausgetauscht hatten.

Das höre ich oft, wenn ich zum ersten Mal vor jemandem stehe. Kommt bestimmt vom Film. Manchmal wird das erst

so begeisterte, amüsierte Gesicht im Laufe des Gespräches lang und länger.

„Setzen Sie sich, bitte“, forderte mich der Doktor auf. „Womit kann ich Ihnen behilflich sein?“

„Es geht um einen gewissen Lenantais“, sagte ich. „Albert Lenantais oder Abel Benoit. Ich weiß nicht, unter welchem Namen Sie ihn gekannt haben. Auf jeden Fall, gekannt haben Sie ihn. Er ist vor ein paar Tagen niedergestochen worden und später dann an seinen Verletzungen gestorben. Als man ihm zu Hilfe kam, wollte er unbedingt in die Salpêtrière gebracht werden. Er hoffte, Sie wären noch immer dort. Er hat bei der Einlieferung Ihren Namen genannt.“

„Wie war der Name?“ fragte der Doktor stirnrunzelnd. „Le Nantais?“

„Lenantais. In einem Wort. Oder Abel Benoit. In zweien. War 'n anständiger Kerl, hatte nur zwei Namen. Sein Vorleben konnte Anlaß zu Kritik geben, je nachdem, welchen Standpunkt man einnimmt... Übrigens wurde in der Zeitung darüber berichtet.“

„Ich lese selten die Vermischten Nachrichten.“

„Er war Altwarenhändler. Alteisen, alte Möbel und so. Wohnte in der Rue des Hautes-Formes. Sie müssen vor rund zwei Jahren bei ihm gewesen sein. Da Ihre Patienten ansonsten einer anderen Gehaltsklasse anzugehören scheinen, dachte ich mir, Sie müßten Lenantais privat gekannt haben.“

„Und das wollten Sie mich fragen?“

„Ja.“

Er hatte seine Brille abgenommen und putzte sie.

„Tja“, sagte er und setzte die Brille wieder auf die Nase. „Ja, ich weiß, wen Sie meinen. Ein sympathischer Mann, etws sonderbar. Sehr sogar.“

„Genau der. Tätowiert.“

Pause. Dann:

„Ich kannte ihn nicht privat. Einer meiner Patienten, ein Freund, schickte mich zu ihm.“

„Wie heißt Ihr befreundeter Patient?“

„Hm..." brummte er. „Das ist etwas heikel. Ich bin keine Auskunftei... und ich weiß nicht, was Sie von ihm wollen..."

„Ihn warnen."

„Warum? Wovor?"

„Tja, das ist auch etwas heikel. Diskretion gehört zu meinem Beruf. Aber eins kann ich Ihnen sagen: Ihr Freund ist in Gefahr... das heißt, wenn er gleichzeitig auch Lenantais' Freund war. In Todesgefahr. Natürlich, für Sie als Arzt kommt es auf einen Toten mehr oder weniger..."

Mein Gegenüber konnte über den klassischen Witz überhaupt nicht lachen. Er wurde aber auch nicht böse.

„Hören Sie, Monsieur Burma. Ich verletze zwar mein Berufsgeheimnis, aber in diesem Falle... Ich möchte meinen Freund über Ihren Besuch informieren."

„Die Zeit eilt. Tun Sie's sofort, wenn er Telefon hat. Ich geh so lange ins Nachbarzimmer."

„Ich hätte nicht gewagt, Sie darum zu bitten."

„Ich bin sehr verständnisvoll", sagte ich lächelnd. „Und in Ausnahmefällen sogar gut erzogen."

Ich ging auf den Korridor und rauchte eine Pfeife. Dabei betrachtete ich eine Kopie der unvermeidlichen „Anatomiestunde". Kurz darauf wurde die Tür zum Sprechzimmer geöffnet.

„Bitte, Monsieur Burma."

Dr. Coudérat schien erleichtert. Er hatte eine lästige Pflicht erfüllt.

„Monsieur Baurénot hat nichts dagegen, Sie zu empfangen", sagte er. „Im Gegenteil. Er erwartet Sie. Wenn Sie sich seine Adresse notieren wollen..."

* * *

Ich ging den Boulevard Arago hinunter. Am nächsten Zeitungskiosk kaufte ich mir einen Stapel der Abendausgaben. Es gehört zwar nicht zu den Angewohnheiten der Flics, ihre geheimsten Gedanken der Presse anzuvertrauen, aber manch-

mal kann man in den Artikeln zwischen den Zeilen lesen – wenn man kann. Ich hätte zu gerne gewußt, ob die Polizei im Fall ihres ehemaligen Inspektors eine eigene Meinung hatte. Und wenn ja, welche. Nichts in *France-Soir*, nichts in *Paris-Presse*, nichts in *L'Information*. Jedenfalls nichts, was ich nicht schon im *Crépuscule* gelesen hätte. Man zog fröhlich, mit mehr oder weniger versteckter Ironie, über die Mißgeschicke des Ex-Flics her, hielt sich aber bei seinem letzten zurück. Sicher, wie sollte die Polizei auch darauf kommen, daß ein Zigeuner – der schnell das Messer in die Hand nahm, um die Ehre seines Volkes zu verteidigen – den Frührentner mit jemand anderem verwechselt und um die Ecke gebracht hatte! Auch war es für sie schlecht vorstellbar, daß der Alte das „Geheimnis des Pont de Tolibac" zwanzig Jahre danach – wie bei Alexandre Dumas – gelöst und seine Entdeckung mit dem Leben bezahlt hatte. Obwohl... Inzwischen sitzen die Höchsten Beamten des Quai des Orfèvres in literarischen Jurys, die an Kriminalromane Preise vergeben. So was kann auf die unteren Ränge abfärben. Zusammen mit ihrem berufsbedingten Mißtrauen regt das vielleicht die Phantasie an. Trotzdem merkwürdig, daß Norbert Ballin offenbar, nachdem er Covets Artikel gelesen hatte, zu Lenantais gegangen war, um in dessen Klamotten rumzuschnüffeln.

Ich ging wieder zurück, bog nach links in die Rue Berbier-du-Mets ein, bis zur *Manufacture des Gobelins*. Durch die Fenstergitter sah ich die Scheitel der Webstühle. Der Betrieb von Baurénot lag gegenüber. Hier wurde mit Holz gearbeitet. Eine kreischende Säge zersägte Bretter und damit die provinzielle Ruhe dieser gewundenen Straße mit den schmalen Bürgersteigen. Ich rüttelte an der kleinen Tür in der Toreinfahrt. Sie war verschlossen. Auf mein Klingeln hin hörte ich ein Klicken, und ich konnte die Tür öffnen. Eine Art Portier kam aus einem flachen Bau auf mich zu. Er sah auf die Zeitungen, die ich unterm Arm trug. Vielleicht dachte er, ich wollte sie ihm verkaufen. Aber diese Tätigkeit hatte ich nun schon lange aufgegeben!

„Ich möchte zu Monsieur Baurénot", sagte ich, um es kurz zu machen. „Er erwartete mich."

Der Portier schielte auf seine Armbanduhr.

„Sie haben Glück", sagte er. „Eine Minute später, und ich hätte Sie nicht mehr reingelassen."

In diesem Moment ließ die Säge von dem Holzbrett ab, das ihr sowieso nichts getan hatte. Eine eigenartige Atmosphäre legte sich plötzlich über die Fabrik. Die Stapel der längs durchgesägten Holzstämme sahen einsam und verlassen aus.

„Und warum?" fragte ich. „Eine Wette?"

Er beugte sich zu mir.

„Hören Sie die Säge, M'sieur?" fragte er zurück.

„Jetzt nicht mehr", antwortete ich.

„Eben. Die Stunde X. Streik..."

Er kratzte sich nachdenklich am Kopf.

„... Und ich weiß nicht, ob ich mitstreike. Ob ich die -Tür öffnen darf oder nicht..."

„Fragen Sie doch das Streikkomitee."

„Genau, das werd ich mal tun. Aber da Sie schon mal hier sind und zu Monsieur Baurénot wollen... Dort drüben, M'sieur..."

Er zeigte auf ein Gebäude mit der Aufschrift „Direktion". Ich stieg die wenigen Treppen hoch und ging ins Büro. Die Sekretärin schickte mich in die erste Etage. Dort hämmerte eine Tippse wie besessen auf ihrer Schreibmaschine rum. Wollte wohl keinen Zweifel dran lassen, daß sie nicht streikte. Ich konnte sie kaum dazu bringen, von der Maschine abzulassen. Dann durfte ich ihr aber doch meine Karte geben. Sie verschwand, kam wieder zurück und bat mich, ihr zu folgen. Kurz darauf stand ich in einem behaglichen Büro. Ein Holzofen verbreitete eine angenehme Wärme. Ein Kerl von rund fünfzig Jahren stand am Fenster und sah durch die Musselingardine auf den Fabrikhof. Gut gekleidet, fett, breite Schultern. Sein Gesicht drückte Ärger aus, vorsichtig ausgedrückt. Der Lärm drang bis zu uns hinauf. Charles Baurénot wand sich von dem ärgerlichen Schauspiel ab, drehte sich auf seinen

teuren Schuhen um und meisterte mich und meine Zeitungen, wie eben der Portier unten. Dann kam er so freudestrahlend, wie es die Situation zuließ, auf mich zu, streckte mir die Hände entgegen und rief:

„Nestor Burma! Altes Haus! Was hast du die ganze Zeit getrieben?“

10

Die Genossen

Ich mußte wohl ziemlich überrascht ausgesehen haben. In der Tat war ich nicht auf eine solche Begrüßung gefaßt gewesen. Und plötzlich wirst du geduzt... Der Kerl ergriff meine Hand und schüttelte meinen Arm, als wär ich ein Apfelbaum. Ich ließ ihn schütteln.

„Und?" fragte Firma Baurénot, Holzhandel und Sägewerk, mit Goldzähnen im Maul. „Kennst du deine alten Freunde nicht mehr? Ich wußte sofort, wen der liebe Coudérat vor sich hatte, als er mich anrief. Sagte nur was von einem Verrückten namens Nestor Burma, der mich sprechen wollte. Mit Vergnügen würde ich dich empfangen, hab ich dem Doktor gesagt. Ich konnte ihm doch nicht alles erzählen, oder?... Und, dämmert's dir so langsam?" Er überließ mir wieder meinen Arm. Diese Schüttelei erhöht wirklich nicht das Denkvermögen! „... Wer hätte das gedacht? Detektiv!... Ach ja, mein Name... sagt dir wohl nichts, hm? Ja, damals nannte ich mich nicht Baurénot..."

„Ach du Scheiße!" rief ich. „Bernis! Camille Bernis!"

Er legte einen Finger auf den Mund.

„Pssst! Nicht so laut. Camille Bernis ist tot und begraben. Und wir wollen ihn auch nicht wieder zum Leben erwecken. Eigentlich hat er nie existiert."

„Ihr macht mich völlig verrückt", schimpfte ich und schlug mit der rechten Faust in meine linke Handfläche. „Wechselt einfach die Namen wie die Hemden!"

„Oh, Moment", sagte Baurénot lachend. „Bernis war nie mein richtiger Name. Mein richtiger Name ist der, den ich jetzt habe: Charles Baurénot. Ein ehrenwerter Name. Bei den

Anarchisten ist man nicht besonders neugierig. Zur Aufnahme werden keine Ausweise verlangt. Damals nannte ich mich Bernis. Einerseits wegen meiner Familie, andererseits wegen... was anderem. Als ich... äh... solide wurde, brauchte ich nur meinen richtigen Namen wieder anzunehmen."

„Raffiniert", bemerkte ich.

„Ja."

Er seufzte, ging zum Fenster und sah hinunter in den Hof. Seine Arbeiter hielten grade so was wie 'ne Versammlung ab.

„Raffiniert!" wiederholte er dann. „Das werd ich wohl sein müssen, wenn ich mit denen da unten diskutier!... Ja", sagte er und drehte sich wieder zu mir um, „ich bin Kapitalist geworden, mein Lieber! Hab den Laden hier geerbt, weiter ausgebaut... Tja, wo gehobelt wird..."

„... fallen Späne", ergänzte ich. „Paßt ja prima!"

Er biß die Zähne zusammen, reckte sein Kinn aggressiv vor.

„Und die Perspektive verändert sich", sagte er. „Auch wenn's dir nicht paßt..."

„Ach, weißt du, ich..."

Mit einer lässigen Geste über die Schulter schickte ich so einiges zum Teufel.

„Und du", wechselte Baurénot die Perspektive, „bist Flic geworden, hm?"

„Privatflic", korrigierte ich. „Da ist 'n Unterschied."

„Wenn du meinst... Aber, verdammt nochmal, setzen wir uns doch! In unserem Alter wächst man nicht mehr."

Er nahm hinter seinem Schreibtisch Platz. Ich zog einen Sessel ran und setzte mich ebenfalls. Mein früherer Genosse und jetziger Fabrikbesitzer zündete sich eine Zigarette an und spielte mit einem Brieföffner. Nebenan läutete das Telefon laut und lange.

„Hab deinen Namen oft in der Zeitung gelesen... Herein!" bellte er.

Es hatte an der Tür geklopft. Die streikbrechende Tippse steckte ihren Kopf durch die Tür. „Port d'Austerlitz ist am

Apparat, Monsieur“, sagte sie. „Wegen der neuen Maschinen...“

„Ich bin beschäftigt“, sagte ihr Chef kurz angebunden. „Regeln sie das selbst.“

„Und dann ist der Delegierte der...“

„Werd ihn später empfangen.“

„Ja, Monsieur.“

Ihr Kopf verschwand wieder. Baurénot knurrte etwas zu sich selbst, dann wieder zu mir:

„Hab mich manchmal gefragt: ist das der, den ich damals gekannt hab, oder ist er's nicht?“

„Hast du nicht mit Lenantais darüber gesprochen? Für ihn gab's da keinen Zweifel.“

„Doch, wir haben mal drüber geredet. Aber nur so... Na ja, hab nie versucht, mich bei dir zu melden. Du weißt doch, wie ich damals war, hm? Und daran hat sich trotz allem nichts geändert. Ich belästige andere Leute nicht... und möchte auch nicht belästigt werden!“

Hörte sich an wie 'ne Drohung. Aber vielleicht nicht für mich. Während er sprach, horchte er auf den Lärm im Hof. Diese Streikgeschichte war bestimmt nicht lustig.

„Das Lästige daran“, bemerkte ich, „ist, daß man keinen hindern kann, einen zu belästigen.“

Er sah mich schräg an.

„Wie meinst du das?“

„Ich mein damit, daß dich in allernächster Zeit jemand belästigen wird. Nein, nein, nicht ich!“

„Versteh ich nicht“, sagte er kopfschüttelnd.

„Ich auch nicht. Aber ich versuch's...“

Ich holte meine Pfeife raus und stopfte sie. Also wirklich! Hätte sie fast vergessen! Vielleicht grübelte ich zuviel!

...A propos Lenantais. Über den wollte ich mich ganz gerne mit dir unterhalten. Der ist nämlich nicht von Arabern überfallen worden, wie's in der Zeitung steht. Auch wenn alle davon überzeugt sind, einschließlich Flics. Das war ein

Schwein, der 'ne Sauerei vorhat. So hat sich unser tote Genosse ausgedrückt. Und dieses Schwein ..."

Ich teilte ihm den Inhalt von Lenantais' Brief mit.

„Zuerst wollte er", fuhr ich fort, „dich durch Dr. Coudérat warnen. Aber Dr. Coudérat ist nicht mehr in der Salpêtrière. Dann hat Lenantais an mich gedacht. Meinte, man könne mir vertrauen. Meinte vielleicht auch, ich könne am besten dem besagten Schwein die Tour vermasseln. Lenantais hat seinen Schützling, die kleine Zigeunerin, ganz bewußt aus allem rausgehalten. Hat sie nur mit dem Brief zu mir geschickt. Ich bin in die Salpêtrière gegangen – ohne übrigens zu wissen, zu wem ... Ich kenne nämlich keinen Abel Benoit. Warum hat er einen anderen Namen angenommen?"

„Während der Okkupation wollte er keinen Ärger haben wegen seiner Vergangenheit. Zu der Zeit war er übrigens noch nicht Lumpensammler. Weiß nicht, was er gemacht hat ... Irgendwie hatte er die Möglichkeit, sich Abel Benoit zu nennen. Und er hat sie genutzt, die Möglichkeit. Später ist er dann bei diesem Namen geblieben ... Also, er war tot, als du ins Salpêtre kamst?"

„Ja."

Wir schwiegen eine Minute. Eine Gedenkminute für Albert Lenantais. Baurénot dachte nach. In seinen Augen konnte man jetzt diesen Glanz wahrnehmen, den ich vom Verein der Aufständischen und von den Diskussionen im Vegetalierheim her kannte. Der Lärm der Arbeiterversammlung drang vom Hof zu uns hoch. Wir befanden uns wieder mitten im sozialen Geschehen!

„Fassen wir zusammen", faßte er zusammen, er, der Chef, der gleich eine Abordnung des Streitkomitees empfangen würde. „Irgendein Schwein bringt Lenantais um. Hat 'ne Sauerei vor mit Freunden von Lenantais. Du sollst diese – gemeinsamen – Freunde davor bewahren. Stimmt's? Gut. Und da hast du sofort an mich gedacht ..."

„An dich oder einen andern, mehrere andere. Keine Ahnung. Auf dich – oder zu dir – bin ich durch Dr. Coudérat

gekommen. Es können aber auch genausogut andere Freunde gemeint sein."

„Es müssen andere sein. Ich hab zwar nicht nur Freunde..." Er sah zum Fenster und verzog das Gesicht. „... Aber keiner will mir wirklich an den Kragen."

„Na dann, um so besser für dich. Jetzt müssen wir nur noch diese Freunde finden, die gemeint sind. Sie müssen's wert sein, gewarnt zu werden. Lenantais war 'n prima Kerl."

„Ja, das war er. Etwas naiv zwar", setzte er lächelnd hinzu. „Hab ihn hin und wieder mal getroffen, nur so, zufällig. Ich mochte ihn, doch. Er hatte so einige Ideen aus der anderen Welt rübergerettet. Hätte ihm gerne geholfen, aber er wollte nicht. Sein kleines Leben genügte ihm, still, frei, unabhängig. Als ich wußte, daß er krank war, hab ich Coudérat zu ihm geschickt. Albert wollte unbedingt die Visite bezahlen. Gehörte wahrlich nicht zu den guten Freunden, die morgens abhaun und den Wecker oder die Bettlaken mitgehen lassen."

„Nein, zu denen gehörte er nicht. Hat er noch andere getroffen, Freunde von früher? Aus der anderen Welt?"

„Bestimmt nicht."

„Und du?"

„Oh, ich hab schon lange alle Brücken hinter mir abgebrochen! Warum fragst du?"

„Weil du die anderen Freunde, die gemeint sind, vielleicht kennen könntest. Vielleicht wollte Lenantais dich nur als Mittelsmann benutzen, um die anderen – oder den anderen – zu warnen."

„Nein", sagte Baurénot entschieden. „Ich bin nicht in Gefahr, und ich kenne auch niemanden, der in Gefahr ist. Und außerdem... weißt du..." Sein Gesicht wurde um vier Zentimeter länger.

„... Lenantais... willst du's wissen? Ich glaub, der war nicht mehr ganz dicht. Scheiße! Ist das normal, so zu leben wie er? Er war verrückt, und dieser Brief und alles..."

„Nein!" unterbrach ich ihn unhöflich, aber bestimmt.

„Hm?"

„Er war nicht verrückt. Ganz sicher nicht."

„Tja, dann..." Baurénot hob die Schultern. „... Was willst du sonst noch wissen?"

„Zum Beispiel, warum ihr euch immer noch gesehen habt. Wo euch doch jetzt offensichtlich so furchtbar viel trennte..."

Er schien in sich zusammenzusinken. Senkte den Kopf, hob ihn wieder, sah mich an. Ich hatte das Gefühl, sein Blick verdüsterte sich.

„Ich weiß es nicht", sagte er leise. Seine Hand krampfte sich um den Griff des Brieföffners. „Vielleicht weil es bei dem Ganzen einen Verrückten geben muß. Und dieser Verrückte bin ich, nicht Lenantais. Soll ich offen über ihn reden? Na ja, möchte wissen, ob ich ihn manchmal nicht beneidet habe. O ja, ich weiß! Alle reichen Säcke erzählen dieses Märchen. Aber ich meine es anders. Er hatte so was Unverdorbenes an sich. Das tat richtig gut. Deswegen hab ich die Beziehung zu ihm nie abgebrochen. Und deswegen hab ich auch den Arzt zu ihm geschickt, als er mir sagte, er fühle sich beschissen. Dieser Coudérat ist ein Freund von mir, hilfsbereit und alles. War mir scheißegal, was er von mir dachte. Charles Baurénot von der Firma Baurénot unterhielt Beziehungen zu einem Lumpensammler! Aber der brave Doktor hat mich nur für besonders barmherzig gehalten. Es war jedoch keine Barmherzigkeit..."

„... sondern Erinnerung an die Vergangenheit", sagte ich. „Egal, was aus uns wird, so ganz löst man sich nie davon..."

„Die Vergangenheit, ja", seufzte der anarchistische Kapitalist. „Die Jugend... Na ja, die Vergangenheit ist vergangen", fuhr er aggressiver fort. „Und wir wollen doch nicht wieder mit diesen Haarspaltereien anfangen, wie früher, hm? Meine Vergangenheit ist mir scheißegal, verstehst du?"

In diesem Moment wurde die Tür geöffnet. Wie ein Wirbelwind schoß ein eleganter Herr ins Zimmer.

„Scheiße!" rief er. „Hast du gesehen?"

Der Kerl sah mich und blieb wie angewurzelt stehen. Eckiges Kinn, elegant gekleidet, Brille mit Goldrand, dunkle

Augen, gehetzter Blick. Er schien krank, blaß in den Knien. Baurénot lachte lauft auf. Sehr unangenehm!

„Prima!“ rief er. „Jetzt können wir ’n Studienkreis für soziale Fragen gründen und diesen Blödmännern da unten erklären, wie ’ne Revolution gemacht wird. Erkennst du Deslandes nicht, Burma?“

„Hab ihn nur unter ‚Jean‘ gekannt“, sagte ich lachend und stand auf. „Aber ich glaub, jetzt würde ich so langsam sämtliche Vegetalier von damals wiedererkennen.“

„Burma!“ rief Jean, der Aufständische. Na ja, der ehemalige Aufständische. Auch er schien sich arrangiert und seinen Frieden mit der Gesellschaft gemacht zu haben. Er hatte seinen Weg verfolgt, wie alle.

„Burma!“ rief er zum zweiten Mal. „Also, ich hätte dich kaum wiedererkannt. Aber du warst damals ja auch noch ’n kleiner Scheißer.“

Ich drückte seine feuchte Hand.

„Richtig! Uns Älteren gebührt Respekt“, witzelte Baurénot.

„Um ein Haar“, sagte Jean Deslandes zu ihm, „hätte man mir nicht aufgemacht. Die streiken also tatsächlich?“

„Ja, scheint die Zeit zu sein... Aber was hast du? Bist du krank?“

„Irgendetwas ist mir schlecht bekommen“, sagte der andere und drückte auf seinen Magen. „Die Austern, glaub ich...“

Er setzte sich auf einen Stuhl. Unten im Hof wurde immer noch diskutiert. Wieder klopfte es an die Tür. Auf das gebellte „Herein!“ trat die Tippse ein.

„Sie werden ungeduldig, Monsieur“, sagte sie zu ihrem Chef.

„Gut. Ich komme“, antwortete Baurénot müde. „Also, liebe Leute, ihr habt euch sicher ’ne Menge zu erzählen, hm?“

Er ging. Aber so schrecklich viel hatten wir uns gar nicht zu erzählen. Erst mal herrschte tiefes Schweigen, das dann endlich von Deslandes, dem doppelten Deserteur, gebrochen wurde:

„Komisch! Wer hätte gedacht, daß jemals gegen einen von uns gestreikt würde? Findest du das nicht komisch?“

„Geht so“, fand ich.

Ich fühlte mich müde, traurig. Auch etwas peinlich berührt.

Baurénot kam zurück.

„So! Das wär's, Freunde!“ tönte er. „Hört euch das an, Leute...“ Er neigte den Kopf zur Seite, die Hand als Schalltrichter an seinem Ohr. „... Hört euch das an! Das männlich edle Lied der Arbeit...“

Die Säge begann wieder, sich fröhlich durch das wehrlose Holz zu fressen. So als hätte sie auf Baurénots Befehl gewartet.

„Alles geregelt?“ fragte Deslandes.

„Alles läßt sich regeln. Immer. Nur nicht verzweifeln. Hab ihren Forderungen nachgegeben. Übrigens gerechtfertigt. Bin schließlich kein Unmensch...“

„Außerdem ist es immer besser, sich mit dem Lieben Gott gut zu stellen“, sagte der andere lachend.

„Der Liebe Gott? Wenn's einen gibt... für die Betrunkenen. Mal sehn! Wollen die Wiederaufnahme begießen. Wiederaufnahme der Arbeit und Wiederaufnahme der Kontakte. Bin gleich wieder da.“

Er war gleich wieder da, mit 'ner Flasche Champagner und drei Gläsern.

„Auf das Vegetalierheim“, toastete er.

Wir stießen an und tranken.

„Freund Burma ist wegen Freund Lenantais gekommen“, wurde Deslandes informiert.

Ich wiederholte die ganze Geschichte noch einmal für Deslandes. Durch den erfuhr ich aber auch nichts Neues. Danach plauderten wir noch über dies und das. Trotzdem hatte ich nicht das Gefühl, meine Zeit zu vertrödeln. Ich wartete auf den richtigen Augenblick, um noch eine letzte Frage zu stellen. Im Laufe des Gesprächs erfuhr ich, daß meine beiden Genossen verheiratet waren, Baurénot schon eine große Tochter hatte und beide in den Augen aller, vor allem in denen ihrer

Concierge und ihrer Nachbarn, ehrenwerte Bürger darstellten. Was sie übrigens auch tatsächlich waren. Niemand konnte auf die Idee kommen, daß sie früher mal subversive Ansichten vertreten hatten. Deslandes war ebenfalls Geschäftsmann geworden. Hatte sich angepaßt. Nur der arme Lenantais hatte „Gedanken aus der anderen Welt" rübergerettet!

„Jeder hat sich verändert, 'ne Entwicklung durchgemacht", stellte ich fest. „So ist das Leben. Möchte wissen, was aus dem geworden ist, den wir den Dichter nannten und von dem nie jemand einen Vers zu Gesicht..."

„Vielleicht Akademiemitglied", schlug Baurénot vor.

„Warum nicht? Ich will ja nicht bösartig sein, aber ich hoffe, daß dieser bescheuerte Barbapoux – der Pfeifen an die Wand geschmissen hat und uns dazu bewegen wollte, auf allen Vieren Gras zu fressen – daß der inzwischen reingebissen hat. War schließlich damals schon nicht mehr ganz neu... Und dem Lacorre wünsch ich dasselbe. Dieses Arschloch ist mir genug auf den Geist gegangen..."

„Lacorre!" rief Deslandes und fuhr hoch, wie von der Tarantel gestochen.

„Was ist denn?" fragte ich erstaunt.

„Jean hat Vorurteile", erklärte Baurénot und lachte gequält. „Anarchistische Vorurteile. Sich weiterentwickeln, gut. Sich ändern, auch ruhig sein Mäntelchen nach dem Wind hängen... Herrgott! Was ist daran so schlimm?... Aber Jean meint, das mit Lacorre war ein starkes Stück."

„Was war denn?"

„Der wird dir bestimmt nicht mehr auf den Geist gehen. Tot ist er nicht... aber so gut wie. Ein Gericht in der Provinz hat ihn hinter Gitter geschickt..."

„Im Ernst? Hat er wirklich einen Geldboten überfallen?"

„Nein, besser. Oder schlechter. Wie man's nimmt. Wir haben's aus der Zeitung erfahren. Mit dem hatten wir nichts mehr zu tun. Ende 36 hat er seine Freundin umgebracht, weil sie ihn betrogen hatte..."

„Hoch lebe die freie Liebe!" warf ich ein. „Ich meine nicht das Verhalten der Frau, sondern seins."

„Genau."

„Wundert mich gar nicht, bei dem!"

„Die Geschworenen haben erstaunlich viel Humor bewiesen."

„Es lebe der freie Humor!"

„Tja. ‚Aha, Sie wollen die Eifersucht bekämpfen, Sie verfechten die sexuelle Freiheit, und wenn Ihre Frau Sie betrügt, bringen Sie sie um! Für uns ist das kein gewöhnliches Verbrechen aus Leidenschaft. Sie gehen für mindestens zehn Jahre in den Bagno! Abführen!' Er mußte nicht nur für den Mord an der Frau büßen, sondern auch für den an den Ideen, die er vertreten hatte. Und dafür, daß er die Flics mit Kugeln empfangen hatte."

„So'n Blödmann", knurrte Deslandes und wischte sich den Schweiß von der Stirn.

Vive l'anarchie. Das war der richtige Augenblick, meine Bombe platzen zu lassen.

„A propos 1936 und Geldbote", sagte ich, ganz leise. „Vielleicht erzählt ihr mir mal was über das Geheimnis des Pont de Tolbiac? Ihr habt doch den Geldboten der Kühlfirma um die Ecke gebracht, stimmt's?"

11

Der Friedhof

Deslandes sackte auf seinem Stuhl zusammen und schwieg. Auch Baurénot sagte erst mal gar nichts und schüttete sich den Rest Champagner ein. Auf der anderen Seite des Hofes erarbeitete die elektrische Säge Profite für die Firma Baurénot, Holzhandel und dergleichen.

Ich stellte meine Frage nicht zum zweiten Mal. Wartete. Baurénot lachte gekünstelt. Ein falsches Lachen, schriller als die Holzsäge.

„Was redest du da für'n Quatsch, Burma?" sagte er kopfschüttelnd. Wir haben niemanden um die Ecke gebracht. Weder auf dem Pont de Tolbiac noch anderswo. Was soll das mit dem ‚Geheimnis des Pont de Tolbiac'?"

„Darüber wißt ihr bestimmt viel besser Bescheid als ich", seufzte ich. „Aber ich will mal nicht so sein und euch das erzählen, was ich weiß."

„Nur zu! Aber nochmal: Wir haben niemanden um die Ecke gebracht."

„Ist auch nur so 'ne Redensart. Sagt man so. Zur Auflockerung der Unterhaltung. Ich glaub nämlich gar nicht, daß ihr diesen Daniel umgelegt habt, den Geldboten der Kühlfirma. Lenantais hing bestimmt mit drin, und ich kenne seine Prinzipien: kein Blutvergießen! Mit eurer Hilfe hat er endlich das Ding gedreht, von dem er schon immer geträumt hat. Möglicherweise steckte der Angestellte mit euch unter einer Decke... Ah! Das bringt mich auf eine Idee..."

„Darf man fragen, auf welche?" spottete Baurénot. „Wahrscheinlich wieder so 'ne Scheinidee..."

„Scheißidee!" fauchte Deslandes wenig elegant.

„Meine Ideen gehören euch!“ sagte ich großzügig. „Also, Winter 1936...“

Und ich erzählte ihnen, was ich heute in der Zeitung gelesen hatte.

„Höchst interessant“, war Baurénots Kommentar. „Und du hast uns im Verdacht?“

„Warum nicht?“

„Ja, warum eigentlich nicht? Vor allem spricht ein wichtiges Indiz gegen uns: wir wohnen und arbeiten in dem Arrondissement, in dem auch der Pont de Tolbiac steht. Bist du immer so schlau bei deinen Nachforschungen? Aber alter Freund, vielleicht hat Pierrot le Fou an dem Geldboten geübt?“

„Der war damals noch ziemlich jung.“

„Sollte nur 'n Witz sein. Du bist nicht der einzige, der welche machen darf. Pierrot le Fou war noch ziemlich jung, stimmt. Aber Gangster gab's damals auch schon.“

„Der Fall Pont de Tolbiac trägt nicht die Handschrift von Gangstern, Strolchen, Unterwelt & Co. Inspektor Ballin hat dabei Blut und Wasser geschwitzt... noch so 'ne Redensart... ziemlich makaber, übrigens! Inspektor a. D. Norbert Ballin wurde letzte Nacht erstochen.“

„Und wir sind wieder die Mörder, hm?“

„Warum nicht?“

Sie schüttelten beide gleichzeitig den Kopf. Energisch.

„Nein, mein Lieber“, sagte Baurénot. „Du irrst dich. Du irrst dich gewaltig.“

Das wußte ich selbst am besten. Wollte nur die Unterschiede in den Reaktionen testen. Mit überzeugender Aufrichtigkeit hatten sie dagegen protestiert, den Ex-Flic umgebracht zu haben. Bei der anderen Geschichte aber, dem „Geheimnis des Pont de Tolbiac“... Das roch schwer nach Schauspielerei.

„Von mir aus“, sagte ich. „Aber zurück zu Ballin. Ich hab da einen Satz gelesen in den Zeitungen...“

„Ach, die Zeitungen“, warf Deslandes verächtlich ein.

„Halt mich bloß nicht für dümmer, als ich bin!“ explodierte

ich. „Die Zeitungen! Interessieren die dich nicht auch ganz brennend? Was beult denn deine Manteltasche so aus, hm? Zeitungen! Und warum schleppst du die mit dir rum? Weil sie wieder auf die Sache von damals zurückkommen, richtig! Und das jagt dir 'n Riesenschiß ein. Deswegen bist du hierhergesaust, zu Baurénot, um Kriegsrat abzuhalten. Baurénot trifft angeblich keinen Genossen mehr von früher. Aber er trifft Deslandes, und er traf Lenantais! Und was liegt hier auf seinem Schreibtisch rum? Zeitungen, jede Menge Zeitungen. Und die, die ich unterm Arm hatte, haben ihn auch interessiert. Vielleicht hat er ja nur 'ne Kleinanzeige aufgegeben oder 'ne Werbeanzeige. Aber trotzdem... Ist das nicht komisch, daß wir, wir alle drei, uns für den Scheiß in den Käseblättern interessieren, an einem trüben Wintertag wie heute?..."

„Langsam, langsam", erwiderte Baurénot kaltblütig. „Ich kenne einen, der jeden Tag fünfzehn Zeitungen kauft. Das heißt überhaupt nichts. Aber... wie war das mit dem Satz aus der Zeitung? Du siehst, wir sind gar nicht so. Kannst ruhig deinen Quatsch loswerden. Wir haben Humor."

„Der Satz lautete folgendermaßen:" Ich überflog Covets Artikel. „*Auch die Polizeispitzel des Milieus waren ihm* – Ballin – *keine Hilfe*. Für mich der entscheidende Satz. Alle Verbrechen, die irgendwie mit dem Gangstermilieu zu tun haben, werden schnell aufgeklärt und bestraft. Nur Einzeltäter oder Leute, die keine Verbindung zum Milieu haben, können damit rechnen, den Flics durch die Lappen zu gehen. Eine Frage von Erfolgschance. Anarchisten zum Beispiel haben erst mal größere Aussicht auf Erfolg als andere. Sie können nach einem gelungenen Coup warten, bis der richtige Zeitpunkt gekommen ist. Führen nicht plötzlich ein tolles Leben, so mit teuren Autos und billigen Frauen. Außerdem haben sie nur grade soviele Komplizen wie unbedingt nötig. So verringert sich die Gefahr, bei den Flics verpfiffen zu werden. Anarchisten sind eben keine typischen Gangster. Keine Indizien, keine Verräter, dazu noch 'ne ganz persönliche Information. Hab mir gleich gedacht: da waren intelligente Verbrecher am Werk."

„Intelligente Verbrecher!" rief Baurénot ironisch.

„Genau. So nennt man das. Für mich übrigens ein Schimpfwort. Intelligente Verbrecher! Wie oft hast du den Ausdruck gebraucht, damals, als du die Ideen der Illegalität gepredigt hast..."

„Gepredigt! Wir haben darüber diskutiert. Alle Welt hat darüber diskutiert... Aber rede nur weiter! Ist sowieso alles Quatsch, was du da zusammenfaselst. Ich werde dich nicht mehr unterbrechen. Wär verlorene Liebesmuh."

„Also weiter... Lenantais und ihr zwei bequatscht den Angestellten der Kühlfirma. Das Geld, das er mit sich rumschleppt, unter euch vieren aufzuteilen. Ich kann leider nicht in die Details gehen. Bedaure..."

„Und wir erst!"

„... Schließlich war ich nicht dabei. Der Geldbote ist ins Ausland abgehaun oder so. Jedenfalls sieht man ihn nie wieder. Ihr drei andern richtet euch hier ein, jeder nach seinem Temperament. Aber da taucht Daniel wieder auf, das vierte Rad am Wagen... oder das fünfte. Der Gedanke ist mir eben gekommen. Wollte ich euch nicht vorenthalten. Daniel kennt eure richtigen Namen nicht... Habt sie ja alle geändert... Er will euch irgendwie ans Leder. Weiß der Teufel warum. Trifft Lenantais, rechnet mit ihm ab. Lenantais will euch warnen, wendet sich an mich. Der gute Albert war nämlich nicht ganz so 'n Charakterschwein wie ihr. Hat verfolgt, was aus mir geworden ist. Er wußte, ich habe keine Vorurteile und bin fair gegen die, die es auch sind. Nur... was euch betrifft, so hat er sich gründlich geirrt. Herrgott nochmal! Ich wollte euch nicht die Leviten lesen. Ist mir doch scheißegal, was ihr gemacht habt. Aber eins hab ich mir zum Ziel gesetzt: ich werde Lenantais' Mörder finden, auch wenn ihr mir nicht dabei helft."

„Wir können dir leider nicht helfen", sagte Baurénot. „Was du da erzählst, sind böhmische Dörfer für uns. Du bist an der falschen Adresse. Wir haben nichts damit am Hut. Glaubst du denn wenigstens selbst an deine Geschichte?" fragte er lächelnd.

„Nicht unbedingt", gestand ich. „Ist nur so 'ne Art Diskussionsgrundlage."

„Ich glaub, die Diskussion ist beendet. Denk doch mal nach: Wir sind unter uns; würden deine Vermutungen stimmen, würde ich nicht lange um den heißen Brei herumreden. Erstens ist die ganze Sache verjährt. Und dann, wovor sollte ich Angst haben? Wovor sollten wir Angst haben?"

„Gut, die Sache ist verjährt", erwiderte ich lächelnd. „Und wenn's keinen Toten dabei gegeben hat... Aber auch ohne Toten ist ein Skandal 'ne schöne Scheiße. Es würde klar, worauf euer jetziger Reichtum beruht, eure kleine behagliche Existenz, die gefährlich ins Wanken geriete. Und wenn..."

„Wenn, wenn, wenn", äffte Baurénot mich nach. „Du Nervensäge! Wenn schon 'ne Säge, dann die, die wir hören. Und der Kerl, der daran arbeitet, kriegt seit eben sechzehn Francs pro Tag mehr. Du solltest dich jetzt verziehen, Burma. Was für ein Tag! Werd ich so schnell nicht vergessen..."

Er stand auf. Schmiß mich also mehr oder weniger raus! Ich stand ebenfalls auf. Hier war nichts mehr zu holen. Trotzdem, das letzte Wort wollte ich mir nicht nehmen lassen.

„Ja, ich glaube, du wirst dich noch oft an diesen Tag erinnern. Und Deslandes auch. Möchte wissen, was du hier wolltest, Jean! Ach ja, richtig! Deine Magenverstimmung. Irgendetwas ist dir nicht bekommen. Was denn wohl? Ach ja, die Austern! Oder vielleicht das getrüffelte Hähnchen? Gespickt, durchstochen. Auf Wiedersehn, Genossen! Und habt bloß kein Vertrauen! Lenantais hatte welches, aber der war 'n Idealist. Und jetzt ist er tot. Hab so das verdammte Gefühl, daß ihr das auch schon seid, schon lange. Salut! Und drückt mir die Daumen, daß ich nicht überfahren werde, und mir kein Ziegelstein auf den Kopf fällt, von irgendeinem Gerüst. Könnte glatt auf die Idee kommen, daß ihr dahintersteckt!"

Eine hübsche Abschiedsrede!

* * *

Ein paar Minuten später saß ich in einem Bistro an der Avenue des Gobelins und spülte mir den Champagnergeschmack aus dem Mund. Dann rief ich in meiner Privatwohnung an. Es klingelte am anderen Ende, aber niemand hob ab. Vielleicht hatte ich mich verwählt. Ich versuchte es noch mal. Das schrille Läuten schien sich über mich lustig zu machen. Fünfzehnmal. Ein einsames Läuten. Verdammt! Lenantais, der Pont de Tolbiac, diese Anarchos, die sich arrangiert hatten, schuldig oder nicht – hört mir bloß auf damit! Ist mir alles scheißegal. Niemand nimmt den Hörer ab! Das ist jetzt das einzige, was mich interessiert.

Ich rannte aus dem Bistro und winkte ein Taxi ran. Ein richtiges. Ein seltenes. Das einzige. Und es fuhr auch nicht nach Levallois. Ein gutes Zeichen vielleicht. Abwarten!

„Belita", rief ich, noch im Korridor meiner Wohnung.

Keine Antwort. Ich ging ins Wohnzimmer, ins Schlafzimmer, sah in der Küche nach. Kein Mensch da. Ich mixte mir erstmal eine ordentliche Erfrischung. Ich machte das Glas schön voll, ging zurück ins Schlafzimmer und... ließ das Glas dann stehen, wie ein Idiot. Rührte es nicht mehr an, hatte vergessen, was ich damit vorhatte. Auf dem Bett lag ein Zettel. Auf dem Zettel standen Worte, geschrieben in dieser eleganten Handschrift, die ich schon auf dem Umschlag von Lenantais' Brief gesehen hatte. *Es ist besser, wenn ich gehe. S. hat bewiesen, wozu er fähig ist. Wenn ich bei dir bleibe, wird er dich töten. Ich will nicht, daß er dich tötet.* Du willst nicht, daß er mich tötet, *mon amour*? Und du, was ist... Ich lachte. Mußte an Deslandes und seine erfundenen Austern denken. Ich hatte genauso viele – oder genauso wenige – Austern gegessen wie er. Trotzdem spürte ich einen Kloß im Hals, im Magen, überall. Jetzt fiel mir wieder ein, was ich mit dem randvollen Glas wollte. Ich stürzte den Inhalt hinunter. Als ich wenig später am Spiegel vorbeikam, sah ich einen Kerl vor mir, der ein böses Gesicht machte. Sehr böse. Wirklich, 'ne ziemlich widerliche Fresse.

* * *

Ein widerliches Viertel war das. Klebte an meinen Sohlen wie Vogelleim. Immer war ich hier auf der Suche gewesen: nach einem Stück Brot, einem Dach überm Kopf, nach etwas Liebe. Und jetzt durchkämmte ich die Straßen auf der Suche nach Bélita. Dabei mußte sie gar nicht hier in dieser Gegend sein. Im Gegenteil. Vieles sprach dafür, daß sie ganz woandershin gelaufen war. Aber ich, ich lief hier rum. Und nicht unbedingt nur wegen Bélita. Vielleicht wollte ich mit diesem Viertel einfach nur 'ne alte Rechnung begleichen. Meine Augen spielten mir einen Streich. Sobald ich von weitem eine Frau sah, sah ich einen roten Rock. Kleider, Mäntel, Röcke, alles war rot. Das muß wohl gemeint sein, wenn gesagt wird, jemand sieht rot.

Ich lief in die Rue des Hautes-Formes. Nichts. Ich lief nach Ivry, dorthin, wo ihre Leute hausten. Nichts. Salvador, Dolorès & Co. hatten sich aus dem Staub gemacht, so wie ich es vorausgesagt hatte. Na ja, wenigstens ein kleiner Erfolg. Bevor ich wieder zurück ins 13. Arrondissement ging, gab mir ein kleiner Bengel noch einen Tip: Zigeuner, ja, die hatte er gesehen, in einer alten Baracke in der Impasse du Gaz. Ich ging hin. Nichts. So langsam wirkte sich meine Müdigkeit beruhigend auf meine Nerven aus. Noch ein paar Kilometer Fußmarsch, und ich konnte gut schlafen. Ich ging über den Pont National, über die breite Steintreppe vom Quai d'Ivry zum Boulevard Masséna. Ich ging den Boulevard bis zur Ringbahnstation. Zur Abwechslung war es heute nicht neblig. Beinahe heiter. Die letzten Sonnenstrahlen kämpften tapfer gegen die Abenddämmerung. Über die Treppe, die unter dem Bahnhof hindurchführte, gelangte ich auf die Rue du Loiret. Und wieder stand ich auf der Kreuzung Cantagrel-Watt-Chevaleret. Die Gebäude der Heilsarmee erinnerten mich noch lebhafter an Bélita. Ich sah sie wieder vor mir, heute morgen, in meinem Pyjama.

„Benoit hatte in der letzten Zeit mit der Heilsarmee zu tun. Hat ihnen Möbel verkauft...“

„Ja. Er war mit dem gebotenen Preis nicht zufrieden, hat

die Leute angeschnauzt, und die Soldaten Gottes haben ihn abgemurkst.“

„Ja, ja. Mach dich nur ruhig lustig über mich. Du findest mich reichlich dämlich, hm?“

„Aber nein, chérie ...“

Cherie! Ich stellte mir vor, daß sie durch so was wie Telepathie meine Gedanken übermittelt bekäme, dorthin, wo sie sich jetzt aufhielt. Vielleicht freute sie sich darüber, daß ich an sie dachte!

Ich betrat die Räume der Heilsarmee.

Das große Büro war durch eine Theke der Länge nach in zwei ungleiche Hälften unterteilt. Ein grauhaariger Heilsarmist mit drei goldenen Sternen auf den Schulterstücken hörte sich mein kleines Märchen an, ohne mit der Wimper zu zukken. Dann riet er mir, mich direkt an die Werkstatt zu wenden, die Rue Cantagrel etwas weiter runter, ich wisse doch, wo das sei, oder? Ja, ich wußte. Vielen Dank. In der Werkstatt geriet ich an einen jungen Mann, der über alles bestens informiert schien. Ach ja, der Trödler von den Hautes-Formes. Ja, er habe Möbel gebracht. Und jetzt sei er tot. Ja, mit 'ner ziemlich scheußlichen Tätowierung auf der Brust, die er stolz gezeigt habe. Trotzdem, habe nicht ausgesehen wie'n übler Bursche, dieser Trödler.

Plötzlich merkte ich, daß ich dem jungen Mann gar nicht mehr zuhörte. Alle möglichen Gedanken schossen mir durch den Kopf. An die Heilsarmee im allgemeinen und ihre Aufgabe im besonderen, an ihre zahlreichen Initiativen in Sachen Barmherzigkeit. Und ich sah sie vor mir, ebenso deutlich wie eben Bélita, Bélita, die mir vielleicht einen erstklassigen Tip gegeben hatte, ohne es zu wissen. Ich muß dazu sagen, inzwischen hatte ich so einiges in Erfahrung gebracht, anderes gewittert. Ja, ich sah sie vor mir auf dem Foto in den Zeitungen. Ich sah sie in ihren abgerissenen Kleidern, mit ihren sonnenverbrannten Gesichtern unter den breitkrempigen Strohhüten. *Fünfzehn Bagnosträflinge*, stand unter dem Bild, *die ihre Strafe verbüßt haben oder begnadigt wurden, sind*

gestern in Marseille angekommen. Die Heilsarmee nahm sie in Empfang und wird sich um sie kümmern. Solche Meldungen konnte man häufig in der Zeitung lesen.

„Hören Sie", sagte ich zu dem geschwätzigen Engelsgesicht. „Entschuldigen Sie, daß ich Sie unterbreche. Aber ich möchte Ihr Vertrauen nicht mißbrauchen. Vor allem nicht hier, bei so einer Organisation. Ich bin Schriftsteller und bereite ein Buch vor über Bagnosträflinge, die wieder Fuß gefaßt haben. Ich hab den Trödler als Vorwand benutzt, weil er auch mit dem Gesetz über Kreuz stand, glaub ich. Kurz gesagt..."

Ich faßte mich nicht grade kurz. Genausowenig wie der Soldat Gottes bei seiner Antwort. Aber er redete nur, ohne viel zu sagen. Ja, einige Mitglieder in niederen Rängen hätten schwere Stunden durchgemacht. Sehr vorsichtig ausgedrückt. Und ich hätte Glück. Vor kurzem sei einer von denen aus einem Zentrum in der Provinz hierhergekommen. Werde sich bestimmt mit Vergnügen für meine Dokumentation hergeben. Yves Lacorre sei sehr hilfsbereit.

Ich fuhr erschrocken auf. Ein richtiges Schreckgespenst, dieser Lacorre! Jeder fuhr auf, wenn er seinen Namen hörte. Jean Deslandes zum Beispiel, wenn auch nicht aus denselben Gründen wie ich.

„Könnte ich ihn sprechen?" fragte ich.

Nein, er sei im Augenblick nicht hier. Wenn ich heute abend wiederkommen könne... Und wie ich wiederkommen konnte!

* * *

Bélita! Bélita *chérie*! Siehst du, wie du mir bei meiner Suche nach Lenantais' Mörder behilflich warst? Jetzt hatte ich ihn. Denn für mich war alles klar. So klar, als wär ich selbst dabeigewesen.

Lenantais trifft Lacorre bei der Heilsarmee, als er seine Schrottmöbel verscheuern will. In der Rue Watt, ganz in der

Nähe der Heilsarmee, fängt sich Lenantais einen Stich. Zwei sogar. Und Lacorre ist der, der das Messer in der Hand hat. Warum klaut Lacorre ihm nicht die Brieftasche, wo er doch grade so schön am Zug ist? Und warum macht er ihn nicht kalt? Vielleicht weil er gestört wird. So was kann vorkommen. Aber warum die Stecherei? Nur weil die beiden Männer sich immer noch spinnefeind sind, wie früher? Nein. Da muß noch was anderes sein. Denn als Lenantais in der Salpêtrière nicht an Dr. Coudérat und damit nicht an Baurénot rankommt, schreibt er mir den Brief: *Ein Scheißkerl hat 'ne Schweinerei vor... Ich will den Freunden helfen*, oder so ähnlich. Diese Freunde, die von Lacorre bedroht werden, kenne ich: Baurénot und Deslandes. Oder ich kann zwei und zwei nicht mehr zusammenzählen. Schlußfolgerung? Lacorre will aus Lenantais Informationen über die beiden rausquetschen. Lenantais spielt aber nicht mit und bezahlt das mit seinem Leben. Der andere wird nämlich wütend und sticht zu. Lacorre muß wohl bei der Sache auf dem Pont de Tolbiac anno 1936 mitgemischt haben. Kurz darauf wurde er wegen dieser blöden Eifersuchtsgeschichte eingelocht. Vielleicht haben Baurénot und Deslandes ihn bei der Beuteverteilung einfach übersehen. Und jetzt sucht er sie, um die alte Rechnung zu begleichen. Nicht seine Schuld, daß er so spät kommt. In letzter Zeit war er so weit weg... Als Deslandes den Namen Lacorre hörte, ist ihm der Schreck in die Glieder gefahren. Und Baurénot fiel nichts Besseres ein, als mir von dem Eifersuchtsdrama zu erzählen, um die Reaktion seines Genossen zu erklären. Ja, das paßte alles zusammen. Jedenfalls so ungefähr. Die wenigen offenen Fragen, hier und da... Lacorre würde sie mir schon beantworten. Ich hatte vor, ihn heute abend der Reihe nach alles ausspucken zu lassen. Ihm zu Ehren war ich sogar bereit, einigen meiner Prinzipien untreu zu werden. Was konnte ich Baurénot und Deslandes eigentlich vorwerfen? Wir waren alle gleich. Von all den Feststellungen deprimierte mich diese letzte am meisten.

* * *

Aus einem Bistro rief ich Marc Covet in der Redaktion des *Crépuscule* an.

„Salut", begrüßte ich ihn. „Erst mal vielen Dank für den gelungenen Artikel."

„Keine Ursache. Hat's was eingebracht?"

„Das sollte gar nichts einbringen. Aber hören Sie, es ist zu spät für die *Bibliothèque nationale*. Könnten Sie mir die Ausgaben der Zeitspanne 1936/37 aus dem Archiv holen?"

„Sie sind ein Glückspilz. Wir haben gerade den Staub von diesen Ausgaben gepustet, um die alte Geschichte vom Pont de Tolbiac wieder auszugraben. Interessieren Sie sich zufällig auch für den Fall?"

„Nein. Hab nur die Meldung über den Ex-Flic Ballin gelesen. Gibt's da was Neues?"

„Nein. Aber wir schlachten den Fall aus. Hübsche Artikel über Geheimnisse, so was verschlingen die Leser... Hm... trotzdem komisch... Der Artikel, um den Sie mich gebeten haben... der Mord an diesem Flic... Sind Sie sicher, daß es da keinen Zusammenhang gibt?"

„Zerbrechen Sie sich darüber nicht meinen Kopf. Der einzige Zusammenhang ist der, daß beides im selben Arrondissment spielt. Die Einheit des Ortes, wie beim Theater."

In der Redaktion des *Crépu* nahm ich mir dann die Ausgaben aus der Zeit der Volksfront vor. Ich fand eine Meldung über Lacorres Verurteilung zu zwölf Jahren Zwangsarbeit durch ein Schwurgericht in der Provinz. Das war alles. Um nicht umsonst hergekommen zu sein, las ich auch noch die Artikel über das mysteriöse Verschwinden von Monsieur Daniel auf dem Pont de Tolbiac – oder anderswo. Die Bezeichnung des Falles als „Geheimnis des Pont de Tolbiac" war mehr eine Erfindung der Journalisten. Machte sich gut als Serientitel! Aber ich erfuhr nur Nebensächliches. Der Vertrauensmann und wandelnde Sparstrumpf der Kühlfirma war geschieden und lebte allein. Januar 37, auch noch später, sollte seine ehemalige Frau – es gab viele Ehemalige in dieser Geschichte! – sehr kurze Briefe von ihm aus Spanien bekom-

men haben. Aber wahrscheinlich stammte das eher aus der Gerüchteküche der Journalisten.

Marc Covet lud mich zum Essen ein. Wollte mir wohl Würmer aus der Nase ziehen. Ich war aber nicht sehr gesprächig. Allein deshalb, weil ich an Bélita dachte. Alles, was ich im Augenblick tat, tat ich für sie... Auch ohne die angeregte Unterhaltung, die Covet sich erhofft hatte, verging die Zeit wie im Flug. Ich mußte mich schleunigst auf die Socken machen, um meinen alten Feind Lacorre in der Rue Cantagrel zu treffen. Ich fuhr mit dem Taxi zur Heilsarmee.

Es war fast zehn Uhr. Heute nacht hatte sich der Nebel freigenommen. Als Ersatz pfiff ein scharfer kalter Wind, daß es nur so eine Freude war.

Bei der Heilsarmee empfing mich mein Engelsgesicht.

„Lacorre ist noch nicht hier", sagte er. „Oder besser gesagt: er war hier, ist aber wieder weggegangen. Heute reißt man sich ja um ihn! Sind Sie sicher, daß Sie keine literarische Konkurrenz haben, Monsieur? Na ja, so was kann vorkommen, nehm ich an. Man redet von einem Stoff, und skrupellose Leute..."

„Man reißt sich um ihn?" fragte ich dazwischen.

„Ja, eben war noch jemand hier. Sie sind zusammen weggegangen."

„Hat er nicht gesagt, wann er wieder zurück ist?"

„Ach, lange kann's nicht dauern. Wir müssen doch ein Vorbild an Disziplin sein, nicht wahr, Monsieur. Sonst könnten die Leute, die bei uns wohnen..."

Ich hörte ihm nicht mehr zu. Schon stand ich draußen auf der menschenleeren Rue Cantagrel, durch die der eiskalte Wind fegte. Ich ging hinunter zur Rue Watt. Und jetzt, Nestor? Du kommst auch immer zu spät. Zu spät zum Essen oder Der Unglücksrabe. Mußte am Viertel liegen. Jetzt war's passiert. Sie hatten sich ganz schön beeilt. Aber nein, Nestor! Du übertreibst! Lacorre ist wieder weggegangen, ob nun mit einem Monsieur, einer Madame, einem Bruder, einer Schwester, ob mit dem General oder der Frau, die die Kasse der

Heilsarmeekapelle verwaltet. Er wird auch wieder in den Schoß der Armee zurückkehren. Und die Disziplin? Ich mußte nur Geduld haben. Auf der Straße war es so schön! Dieser Wind, der mir ins Gesicht peitschte... Hätte einem eingefleischten Masochisten aufs angenehmste die Zeit vertreiben können. Dieser Fensterladen, der irgendwo gegen eine Mauer schlug... ein herrlicher Ton! Und dieser Triebwagen über der Rue Watt, unter dem Pont de Tolbiac... War das nicht wie der Gesang einer Sirene? Jenseits der ehemaligen Ringbahn sah man die Laternen des Boulevard Masséna. Autos flitzten vorbei. Der Wind blies durch die skelettartigen Bäume in dem Vorgarten der Entbindungsklinik. Nicht grade angenehm, bei dieser düsteren Musik niederzukommen. Aber verdammt nochmal! Ich hatte nicht das Gefühl, in nächster Zeit niederzukommen. War nicht mal schwanger. Für wen hielt ich mich? Für Grace Kelly? Ein plötzlicher Windstoß, noch heftiger als die vorangegangenen, wirbelte Papier durch die Rue de Chevaleret, und... so was wie ein kleines Rad kam auf mich zugerollt. An der Bordsteinkante blieb es liegen. Ich ging näher und hob den Gegenstand auf: die Uniformmütze der Heilsarmee. Halleluja!

Der dazugehörige Heilsarmist konnte nicht weit sein.

* * *

Die Mütze in der Hand, wie ein Bettler – so kam ich mir auch vor –, ging ich die Rue du Chevaleret hinauf bis zur Treppe, die auf die Rue de Tolbiac führt. Ungefähr dort, wo Monsieur Ballin, ehemaliger Insepktor und jetzige Leiche, uns stiftengegangen war. Aber heute abend lag nirgendwo eine Leiche, weder auf dem Bürgersteig noch auf der Fahrbahn. Das Glück verließ mich. Oder sollte ich hier immer meine Leichen verlieren? Lacorre hatte sich wie ein Paradiesvogel einfangen lassen. Unnötig zu fragen, durch wen. Sie hatten sich beeilt. Um die Verbindung Lacorre-Bagno-Heilsarmee herzustellen, brauchte man keine Ewigkeit. Und dann

hatten sie sich ihn geschnappt und vielleicht umgebracht... Auf der anderen Seite der Gleise sah ich die mächtigen Gebäude der Kühlbetriebe. Armer Monsieur Daniel! Man hatte ihn für einen Betrüger gehalten, obwohl er vielleicht schon seit zwanzig Jahren tot war. Aber welche Rolle spielte Lenantais dabei? Morden war nicht sein Fach. Er war strikt dagegen. Und er hätte mich bestimmt nicht gebeten, Baurénot und Deslandes vor Lacorre zu schützen, wenn die ganze Geschichte mit einem Mord begonnen hätte. Oder er hatte nichts davon gewußt. Die anderen mußten ihn hinters Licht geführt haben. Und Baurénot fühlte sich ihm gegenüber schuldig. Deswegen hatte er ihm helfen wollen. So ist der Mensch nun mal. Nicht vollkommen gut, nicht vollkommen schlecht. Und bevor Lenantais seinem Erzfeind Lacorre verriet, wo er die ehemaligen Komplizen finden konnte, ließ er sich lieber erstechen. Alle waren für den Tod des ehrlichen Lumpensammlers verantwortlich. Gute Fahrt, Lacorre! Bald wirst du sie wiedersehen, Lenantais, Daniel und Ballin. Hätte dich für schlauer gehalten, für ausgebuffter, für weniger vertrauensselig. Man sagt dir: komm!, und du kommst? Ohne Vorsichtsmaßnahmen?

Ich ging zurück zur Heilsarmee. Eine klitzekleine Chance, aber ich versuchte es. Mein alter Bekannter mit dem Engelsgesicht schielte auf die Mütze in meiner Hand.

„Sagen Sie nichts", bat ich ihn. War etwas viel verlangt, aber er gehorchte. „Das ist doch bestimmt Lacorres Mütze, hm? Ich glaube, ihm ist etwas zugestoßen. Der Wind alleine hat ihm nicht die Mütze vom Kopf gerissen. Hören Sie, mein Freund. Haben Sie gerne Ärger hier im Haus? Nein? Bedaure, Ihnen sagen zu müssen, daß es bald welchen geben wird. Aber vielleicht kann ich das Schlimmste verhüten. Dafür müßte ich mal einen Blick auf Lacorres Sachen werfen."

„Da muß ich erst mal fragen..."

„Nein. Kein Aufsehen. Ich will offen sein..."

Also, wenn ich offen bin, bin ich unwiderstehlich. Engelsgesicht ging mit mir in den Raum, wo Lacorre seine Klamot-

ten hatte. Und dort fand ich, was ich – ohne übermäßige Hoffnung – suchte: einen Umschlag mit der Aufschrift *Für den Bezirkskommissar.* Ich öffnete ihn und las mit Vergnügen:

Kommissar,
ich heiße Yves Lacorre, geboren in…

Folgten Ort und Datum der Geburt, Name der Eltern und Steckbrief des Briefschreibers.

… Im Dezember 1936 habe ich mit zwei Komplizen, die ich von den Anarchisten kannte, Camille Bernis und Jean, genannt der Aufständische…

Folgten die Steckbriefe dieser beiden.

… den Geldboten der Kühlbetriebe, Monsieur Daniel, in einen Hinterhalt gelockt. Der Fall hat damals großes Aufsehen erregt. Monsieur Daniel befindet sich nicht weit von seiner ehemaligen Arbeitsstätte, dort, wo er wohnte: in einem Häuschen in Ivry, Rue Bruneseau, im Keller. Wir haben uns gesagt, daß man ihn überall suchen würde, nur nicht bei sich zu Hause. Camille Bernis und Jean haben mich hintergangen. Ich werde ihnen den Hals umdrehen, oder sie mir. Im zweiten Fall werden Sie, Kommissar, diesen Brief lesen und dem Gesetz Genüge tun. Auch dann, wenn ich eines natürlichen Todes sterbe, an Grippe oder so. Nach dem geglückten Coup, aber vor der Verteilung der Beute, ging ich nach Morlaix, wo meine Freundin auf mich wartete. Ihr vertraute ich genauso wie meinen Komplizen. Als meine Freundin erfuhr, was geschehen war, wollte sie mich verlassen. Es war ihr zu gefährlich. Aus Angst, sie könnte mich anzeigen, brachte ich sie um. Den Flics gab ich Eifersucht als Motiv an. Ich hatte Pech. Man schickte mich für zwölf Jahre in den Bagno. Während ich meine Strafe verbüßte, ließen mich meine Freunde fallen. Ich kam zurück. Zunächst blieb ich in der Provinz und verhielt mich ruhig.

Dann gelang es mir, nach Paris zurückzukehren. Bernis und Jean waren verschwunden. Ich ging zu Monsieur Daniels Häuschen. Es wird nicht bewohnt und verfällt. Ich erfuhr, daß es verkauft worden war. An wen, weiß ich nicht. Ich durfte nicht zu neugierig sein. Wahrscheinlich hat es einer meiner Komplizen gekauft, mit meinem Geld. Zwei Anarchisten wußten über unseren Coup Bescheid. Rochat und Lenantais, ein ehemaliger Falschmünzer. Rochat ist tot. Lenantais lebt noch, glaube ich. Ein Narr, der meint, man könnte hobeln, ohne daß Späne fallen. Er wollte mit dem Überfall auf den Geldboten nichts zu tun haben. Er war gegen jedes Blutvergießen, und auch so war es ihm zu gefährlich. Ich frage mich, was er hinterher von der Sache hielt, die von der Polizei nie aufgeklärt werden konnte. Lenantais war Schuhmacher...

Folgte der Steckbrief von Lenantais, einschließlich Tätowierung.

... Außerdem wegen Falschmünzerei vorbestraft. Kommissar, wenn Sie diesen Brief lesen, bin ich gestorben, in einem Krankenhaus oder anderswo, an einer Grippe oder etwas anderem. Sie können Bernis und Jean verfolgen oder nicht, wie Sie wollen. Aber wenn ich in die Seine geworfen werde, dann sind diese beiden die Täter.

Yves Lacorre

Neben der Unterschrift hatte Lacorre seinen Fingerabdruck hinterlassen. Darunter, mit anderer Tinte, war ein Postskriptum hinzugefügt.

Um Lenantais brauchen Sie sich nicht mehr zu kümmern. Ich habe ihn zufällig wiedergetroffen. Er verkaufte alte Möbel und heißt jetzt Benoit. Ich wollte von ihm wissen, wo ich Bernis und Jean finden kann. Wir haben uns gestritten, und habe ihn ich niedergestochen. Damit habe ich der Gesellschaft einen Dienst erwiesen; denn er war ein Dogmatiker, also sehr viel gefährlicher als gewisse andere.

Ich faltete den Brief, schob ihn wieder in den Umschlag. Bevor ich alles in die Tasche stecken konnte, legte Engelsgesicht mir die Hand auf den Arm. Er hatte über meine Schulter hinweg mitgelesen.

„Das bekommt die Polizei, Monsieur", sagte er.

„Und Ihr Haus bekommt Ärger."

Er hob den Blick gen Himmel:

„Komme, was da wolle."

„Wie Sie wollen. Aber warten Sie bitte einen oder zwei Tage, bevor Sie das Testament weitergeben..."

„Ich muß Bericht erstatten..."

Um den drohenden Ausführungen zu entgehen, drückte ich ihm den Umschlag in die Hand. Er legte ihn zu dem übrigen Kram seines Kollegen. Dann begleitete er mich hinaus.

Das Viertel lag in tiefem Schlaf. Einen Steinwurf entfernt, auf der anderen Seite des Boulevard Masséna, lag Monsieur Daniel im Keller seines Häuschens, ebenfalls in tiefem Schlaf. Und das schon seit zwanzig Jahren. Ich wußte nicht, wie ich zum Pont National gekommen war. Vielleicht hatte mich der Wind dorthin geweht. Jedenfalls lehnte ich auf dem Geländer und versuchte, in der Dunkelheit das besagte Totenhäuschen zu erkennen. Der Wind pfiff mir um die Ohren. Ich hörte das dumpfe Brummen der Preßluftbetriebe. Irgendwo schlug eine Kirchturmuhr irgendeine Stunde. Ich riß mich aus meiner Grübelei, stopfte mir meine Pfeife und ging die Treppe zum Quai d'Ivry hinunter. Die Rue Bruneseau ist die erste Straße rechts. Ich hatte das Schild heute nachmittag schon gesehen, als ich Bélita und ihre Leute gesucht hatte. Die Straße war nur einseitig bebaut. Auf der anderen Seite befand sich zum Teil freies Feld, zum Teil Sportgelände. Ich ging die kleinen Fabrikhallen und Werkstätten entlang. Meine Wahl fiel auf eine Bruchbude in einem verwilderten Garten, die man mit viel Wohlwollen für ein Häuschen halten konnte. Wenn der Wind weiter so stark blies, würde das Ganze in sich zusammenfallen. Ich zog an der Kette, die am Eingangstor hing. Eine Glocke ertönte. Der Wind trug den Ton in alle vier

Himmelsrichtungen. In der Nachbarschaft bellte ein Hund. Ich läutete noch mal, ohne Resultat. Der Hund bellte nicht mehr, er heulte zum Gotterbarmen. Die Mauer war nicht sehr hoch. Ich sprang in den Garten, wenn diese Wildnis diesen Namen verdiente. Die Baracke hätte den obdachlosesten Penner abschrecken können. Eine Art Rampe führte zum Keller. Unten stieß ich gegen eine Tür. Ich war ganz alleine, fühlte mich sozusagen wie zu Hause. Mit dem Wind, der die nackten Äste des einzigen Baumes im Vorgarten quälte, dem heulenden Hund und dem muffigen Geruch, der aus dem Keller hochstieg, kam ich mir vor wie Nosferatu. Ich knackte das Vorhängeschloß und betrat den Keller. Windgeschützt riß ich ein Streichholz an. Na also! Ob unter dem Boden tatsächlich eine Leiche lag, konnte ich noch nicht sagen. Aber ich konnte sagen, daß eine hier lag, auf dem Boden. Eine saubere Leiche mit 'ner dreckigen Fresse, in Heilsarmeeuniform. Erschossen. Lacorre, wenn ich mich an sein Rattengesicht recht erinnerte.

12

Vom Pont d'Austerlitz zum Pont de Tolbiac

Am nächsten Tag um zwei Uhr lag ich auf meinem Bett. Gestern nacht um zwei war ich nach Hause gekommen. Seitdem dachte ich an Lenantais. Ich hörte ihn, sah ihn mit den anderen zusammen. Zum Totlachen! Sie hatten ihm weismachen wollen, daß die Sache auf dem Pont de Tolbiac ohne Blutvergießen abgelaufen war. Und auch ich hatte diese Version ins Auge gefaßt, wenn auch nur für einen Augenblick! Aber er, Lenantais, hatte bis zu seinem Tod daran geglaubt. Und Lacorre wollte ihn wohl nicht aufklären, als er ihn zufällig traf. Hatte ihn nur gefragt, wo er Baurénot und Deslandes, Bernis und Jean, finden könne. Der Lumpenhändler hatte keine Angst vor Lacorres Messer gehabt. Er hatte diesen Simulanten noch nie gemocht, hatte ihn durchschaut, ihm mißtraut. Um die gesellschaftliche Stellung und den Seelenfrieden von Leuten zu retten, die ihm nicht das Wasser reichen konnten, war er gestorben. Und diese Leute hatten jetzt kaum noch die Möglichkeit, ihren Kopf aus der Schlinge zu ziehen. Zu sehr hatten sie sich beeilt, Lacorre loszuwerden. Bald würden die Flics den Brief des toten Heilsarmisten lesen und sich auf die Suche nach ihnen machen. Lange konnte es nicht dauern, bis sie Bernis-Baurénot und Deslandes-Jean finden würden. Jetzt war es drei Uhr. Seit dreizehn Stunden lebte ich mit dem Gedanken an Lenantais. Sie hatten keine Chance. Mit einem Wort konnte ich ihren Untergang beschleunigen. Oder ihnen einen Tip geben. Wahlweise. Eine komische Wahl. Sie hatten Lenantais belogen und betrogen, und deshalb war Lenantais gestorben. Gestorben für Leute, die dieses Opfer nicht

verdienten. Vier Uhr. Langsam, unmerklich kam die Nacht und mit ihr ein dunstiger Nebel.

Ich wählte die Nummer von Baurénots Betrieb. Die Sekretärin sagte mir, ihr Chef sei zum Port d'Austerlitz gefahren, um die Maschinenlieferung aus England zu begutachten.

* * *

Zwei Frachter lagen am Port d'Austerlitz. Der Nebel hüllte ihren schwarzen Rumpf ein. Man hörte das Surren eines unsichtbaren Krans, der sich auf den Schienen entlang der Rampe bewegte. Seine dünne Trosse fiel senkrecht in den Bauch eines Frachters. Am anderen Seineufer hatte sich der Nebel wie eine Stola um den Turm der Gare de Lyon gelegt, der aus einem Meer von Dächern und Kaminen ragte. Ich ging von Stützpfeiler zu Stützpfeiler am Ufer entlang. In einer Gruppe von Männern, die lebhaft miteinander redeten, entdeckte ich Baurénot. Ich trat auf ihn zu. Er sah mich, löste sich von der Gruppe und kam mir entgegen, gezwungen lächelnd.

„Ja?" fragte er lauernd.

„Könnten wir an einem ruhigen Ort miteinander plaudern?" fragte ich zurück. „Wenn's geht, weit weg von der Seine."

„Ach ja?"

„Ja."

„Komm."

Wir schlängelten uns zwischen riesigen Kisten hindurch, sprangen von einem Verladekai auf die Rampe unterhalb des eigentlichen Quai d'Austerlitz. Wenige Lampen warfen ihr spärliches Licht auf die Bäume entlang des Bahnhofs. Kein Tageslicht drang durch die Kellerfenster.

„Was willst du hier?" knurrte Baurénot. „Das ist alles nur deine Schuld!"

„Was ist meine Schuld?"

„Nichts."

„Meinst du den Mord an Lacorre?“

„Also weißt du Bescheid, du Schwein?“

„So ungefähr.“

„Alles deine Schuld. Deslandes hat den Kopf verloren.“

„Find ich überhaupt nicht! Immerhin hat er geahnt, wo man einen ehemaligen Sträfling finden kann. Wußte auch, wo sich Lenantais rumgetrieben hat, wo er überfallen wurde...“

„Wenn Deslandes Scheiße verzapfen will, kann er ziemlich intelligent sein.“

„Ja, 'ne schöne Scheiße hat er da verzapft.“

„Schluß mit dem Gequatsche, Burma. Wo sind deine Freunde?“

„Hab das Gefühl, die sind alle tot“, murmelte ich.

„Ich meine die Flics. Hast du sie nicht mitgebracht?“

„Nein, aber du wirst sie bald auf dem Hals haben. Lacorre hat ein Testament hinterlassen, in dem er auspackt.“

„Schwein!“

„Die Schweine seid ihr! Für euch...“

Und ich spuckte alles aus, was mir auf der Seele lag.

„... Aber vielleicht bin ich auch ein Schwein“, fügte ich hinzu. „Bin gekommen, um dir 'ne Chance zu geben. Deine letzte. Du wußtest nichts von Lacorres Brief. Jetzt weißt du Bescheid. Verschwinde! Für dich ist sowieso alles im Arsch. Weit wirst du sicher nicht kommen...“

„Du Schwein!“ heulte er wieder auf. Seine Stimme hallte unter dem Gewölbe wider wie ein Gong. „Du Schwein! Erst mal bist du dran!“

In seiner Hand blitzte eine Automatic auf. Der Schuß fiel. Ich bückte mich schnell. Mein Hut flog mir vom Kopf. Überall Schreie. Leute rannten herbei. Nur die Matrosen ließen sich nicht aus der Ruhe bringen. Bremen, Hamburg, blutige Schlägereien, Schießereien und der ganze Kino-Quatsch: die waren daran gewöhnt. Ich rappelte mich wieder hoch, stieß einen dämlichen Kerl vom Zoll, der irgendwas von mir wollte, zur Seite, nahm ebenfalls meine Kanone in die Hand und machte mich an Baurénots Verfolgung. Der war nämlich in

Richtung Quai d'Austerlitz geflüchtet. Ich tauchte aus dem Untergrund auf, hatte ihn aber aus den Augen verloren. Die Leute hier oben auf dem Quai waren völlig ruhig. Bei einem Wirbelwind kommen die bestimmt eher in Bewegung. Ich warf einen Blick in die Runde. Nichts, wo man sich verstecken konnte. Auch der Nebel war nicht besonders dick. Aber sein Hut verriet Baurénot. Bei einer gewagten Turnübung war er ihm vom Kopf gerutscht und mir vor die Füße gerollt, elegant und teuer. Ich sah nach oben. Der Holzhändler kletterte einen Stützpfeiler der Metrobrücke hoch. Jetzt hatte er fast die Schienen erreicht. Eigentlich war das gar nicht seine Absicht gewesen. Wollte wohl nur ein stilles Plätzchen erklettern, wo ich ihn nicht vermuten würde. Leider hatte sein Hut ihm einen Streich gespielt.

„Los, hör auf mit dem Scheiß", rief ich. „Komm runter!"

Ein Schuß war die Antwort. Die Neugierigen, die herbeigerannt waren, rannten wieder weg. Mich überkam die nackte Wut. Alle hauten ab. Sollten sie doch! Ich zog meinen Mantel aus, wegen der Bewegungsfreiheit. Dann steckte ich meine Kanone in die Tasche und kletterte ebenfalls den Pfeiler hoch. Als ich oben war, donnerte ein Zug vorbei. Der verdammte Fahrtwind schleuderte mich beinahe von dem Viadukt. Dann sah ich Baurénot. Er rannte auf den Schienen in Richtung... Morgue. Genau in Richtung Morgue! Bald verschwand er im Nebel. Ich sah ihn nicht mehr. Dafür hörte ich ihn. Ein lauter Schrei, ein wahrhaftiges Geheul, der Schrei eines Verdammten übertönte noch das donnernde Geräusch des Gegenzuges. Unter meinen Sohlen vibrierte die Eisenbrücke. Ich blickte in die weitaufgerissenen wilden Augen des riesigen Monsters. Blitzschnell warf ich mich zur Seite, klammerte mich an einen der Stützpfeiler und schwang mich mit der Energie der Verzweiflung über das Eisengeländer. So wie ich da hing, hätte ich einer Dame der Ersten Klasse ins Dekolleté schielen können, was strengstens verboten ist. Aber für solche Scherze hatte ich im Augenblick keinen Sinn. Der donnernde Zug führte einen eisigen Fahrtwind mit sich. Ich fühlte, wie meine klammen

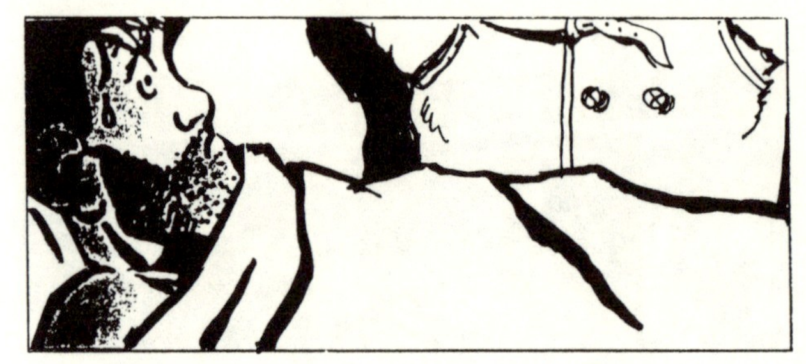

Finger an dem feuchten Eisenpfeiler abglitten. Gleichzeitig rutschten meine Sohlen in dieselbe Richtung. Mein Kopfsprung in die Seine konnte sich sehen lassen.

* * *

Als ich wieder zu mir kam, lag ich in einem Raum, der auf hundert Meter nach Flics roch und den ich als Notstation für Ertrunkene identifizierte. Und tatsächlich gingen Flics im Raum umher, zwei Schritte von mir entfernt. Für jeden einen. Zwei Flics. Ganz von weitem hörte ich, wie einer von ihnen was sagte. Ich öffnete die Augen und erkannte meinen Freund Florimond Faroux, den Chef der Kripo.

„Na, Nestor Burma? Leben Sie noch?"

„Nein", antwortete ich.

„Sieh an! Kaum von den Toten auferstanden, und schon wieder frech."

„Bin gar nicht in der Stimmung dazu. Doch, ich lebe. Aber 'ne Menge Dinge in mir sind gestorben. Na ja, wir haben November. Der Monat der Toten."

„Jedenfalls haben Sie den Jungs von der Wasserschutzpolizei 'ne Menge zu verdanken."

„Werd ihnen zu Neujahr 'n Segelboot schenken."

„Schmeißt den Kerl wieder in die Seine!" brüllte der Kommissar.

Sie schmissen mich zwar nicht wieder in die Seine, ließen mich aber auch nicht in Ruhe.

„Als ich von Ihrem akrobatischen Kunststückchen hörte", sagte Faroux, „bin ich sofort angerauscht. Mußte Sie unbedingt sehen. Inzwischen hab ich nämlich 'ne Menge erfahren."

„Kann ich mir denken", sagte ich nickend. „Der Junge von der Heilsarmee hat bestimmt keine vierundzwanzig Stunden gewartet, um den Flics Lacorres Rundumschlag zu zeigen, hm? Und Sie sind natürlich sofort in Monsieur Daniels Villa gesaust und haben seine Leiche und Daniels Knochen gefun-

den. Jetzt müssen Sie nur noch Camille Bernis und Jean den Aufständischen finden, Lacorres Komplizen. Bei Bernis ist das ganz einfach. Das ist der Kerl, mit dem ich die Zirkusnummer auf der Metrobrücke abgezogen hab. Der liegt unter den Rädern des Zuges."

„Nicht mehr", sagte Faroux trocken.

„Immerhin etwas. Mit diesem Jean wird's etwas schwieriger. Natürlich nennt er sich jetzt nicht mehr Der Aufständische. Im Augenblick kann ich mich leider nicht an seinen neuen Namen erinnern. Aber vielleicht eines Tages... kommt drauf an..."

„Er heißt jetzt Deslandes. Wir haben ihn überrascht, als er Lacorre direkt neben Daniel begraben wollte."

„Scheiße! Na ja, vielleicht ist es besser so..."

„Und vielleicht löst es Ihnen die Zunge. Sie können mir alles der Reihe nach erzählen. Kann sein, daß ich das eine oder andre noch nicht weiß..."

„Sagen wir, Sie begreifen etwas langsam. Werd versuchen, Ihnen alles zu erklären."

Und ich versuchte, ihm alles zu erklären. Natürlich sagte ich nichts über den Fall Ballin. Den Inspektor i. R. und i. p. wollte ich mir als Tauschobjekt aufbewahren, gegen etwas anderes...

„Wie schön", lachte Faroux, als ich zu Ende erklärt hatte, „daß es sich bei dem Fall Benoit nur um einen ganz gewöhnlichen nächtlichen Überfall gehandelt hat!"

„Pardon, das habe *ich* niemals behauptet. Sie waren's, der darauf rumgeritten ist."

„So ungefähr."

„Ja, so ungefähr. Vielleicht und so ungefähr, die beiden Stützen unserer Unterhaltung."

„A propos nächtlicher Überfall", bohrte der Kommissar stirnrunzelnd weiter. „Frag mich die ganze Zeit, wie das bei Inspektor Ballin war. War das wirklich nur ein gewöhnlicher nächtlicher Überfall, alltäglich, klassisch, üblich? Oder war das einer unserer Pappenheimer, Lacorre, Deslandes oder Baurénot?"

„Glaub ich nicht. Ballins Tod hat ihnen eher Angst eingejagt. Das war der Anfang vom Ende für sie."

„Trotzdem... seltsam... alles zur gleichen Zeit... Finden Sie nicht? Verdammt! Ich will ja nicht schlecht über Tote reden, schon gar nicht über tote Kollegen, aber besonders schlau war er nicht. Wenn er nur auf die Idee gekommen wäre, sich um die Bruchbude von diesem Daniel zu kümmern, nachzusehen, wer sie gekauft hat oder so... Dann hätte er weiterkommen können."

„Aber er hat nicht dran gedacht", sagte ich. „Ebensowenig wie er an einen Gewaltakt gedacht hat. An einen anarchistischen Gewaltakt vielleicht, so ungefähr..."

„Tja. Er ruhe in Frieden."

Ich ließ ihn aber nicht in Frieden ruhen. Das mit dem anarchistischen Gewaltakt war ihm schon in den Sinn gekommen, nur etwas spät. Für ihn, meine ich. Covets Artikel hatte ihn neugierig gemacht. Von den Flics des Arrondissements wußte er wohl, daß Lenantais Zeitungsausschnitte sammelte. Die wollte er sich ansehen. Nur der Moment war schlecht gewählt, mehr nicht. Es war der Moment, in dem Salvador einen Mann mit einer Winterjacke suchte, um ihm ein zusätzliches Knopfloch in den Rücken zu schlitzen. Und dieses Loch im Rücken war der Funke, der das Faß zum Überlaufen brachte, wenn man so sagen kann. Was man aber schon eher sagen konnte, war, daß er *post mortem* endlich „seinen Fall", abgeschlossen hatte! Das können nicht alle Flics von sich behaupten...

„Sollten wir den Kerl jemals schnappen, der ihn umgelegt hat, werden wir mit ihm Schlitten fahren", drohte Faroux.

„Ich drücke Ihnen die Daumen", sagte ich.

„Und ich geh jetzt lieber, Burma. Sie phantasieren schon wieder. Sie und den Flics die Daumen drücken..."

Vierundzwanzig Stunden später stand ich wieder auf den Hinterbeinen. Ich war nämlich noch nicht fertig mit dem 13. Arrondissement. Also machte ich mich wieder auf die Suche nach Bélita, nach Salvador und Dolorès. Sah mich schon vor Salvador stehen.

„Hör mal, Salvador", würde ich ihm sagen. „Du läßt Bélita zufrieden, vergißt einen Teil deiner Vorurteile, erinnerst dich wieder an einen anderen und schwörst feierlich, beim Barte von Dolorès, uns beide in Ruhe zu lassen. Dafür vergeß ich, daß du Inspektor Ballin umgebracht hast. Solltest du aber aus Versehen doch wieder versuchen, Bélita zurückzuholen, laß ich dich hochgehen, und du kriegst für den Mord ganz schön was aufgebrummt. Ein Flic ist auch außer Dienst noch 'n Flic. Und die haben anstelle von Familiensinn 'ne Portion Korpsgeist."

So würde ich mit Salvador reden. Aber zuerst mußte ich ihn finden, ihn und Bélita. Und dafür mußte ich die beiden suchen.

Wieder schlurfte ich durch die Straßen, die Bélita und mich zusammen gesehen hatten. Und eines Nachmittags, als ich mich gerade in der Nähe des Pont de Tolbiac rumtrieb...

Vor der Brücke führt die Rue du Chevaleret unter der Rue de Tolbiac hindurch. Genau vor der Bushaltestelle der 62 lehnte ich mich über das Geländer. Da sah ich sie auf der Rue du Chevaleret. Sie kam direkt auf mich zu. Ja, das war ihr federnder, tänzerischer Gang, der rote Rock (ich hatte das Gefühl, den Stoff über ihre flachen Lederstiefel streichen zu hören), das rhythmische Wiegen ihrer Hüften, ja, das war der gelbe Gürtel, die ungebändigte schwarze Haarpracht, das hübsche Gesicht mit den baumelnden Ohrringen, die stolze, verheißungsvolle Brust.

„Bélita!"

Sie hob den Kopf, warf mit dieser vertrauten Bewegung die schwarze Mähne zurück. Und dann lief sie auf mich zu, über die Rue Ulysse-Trélat, die langsam zu der Eisenbrücke hinaufführt.

„Bélita!"

Ich nahm sie in die Arme, preßte sie an mich und meinen Mund auf ihre Lippen. Sie war noch ein Kind, ein kleines Mädchen. Und manchmal benahm sie sich auch so. Hängte sich mit ihrem ganzen Gewicht an meinen Hals, ein Bein nach

hinten abgewinkelt, wie um irgend jemanden abzuwehren. Wie ein Kind, das einem um den Hals fällt. Und so war es auch jetzt, an diesem Nachmittag im November, am Eingang des Pont de Tolbiac, während ganz nah ein Zug über die Schienen donnerte. Ich fühlte, wie sie zusammenzuckte, sich noch verzweifelter an mich klammerte. Ihre Augen verloren den Glanz. Aus ihrem Mund drang ein leiser Seufzer und... mein Mund füllte sich mit einer warmen Flüssigkeit. Bélita! Ich spürte, wie meine Kräfte versagten. Mit äußerster Anstrengung hielt ich die Zigeunerin fest. Mit einer Hand streichelte ich ihr über den Rücken, wie zum letzten Mal. Und meine Finger berührten den Griff eines langen feststehenden Messers, das bis zum Heft in ihrem Rücken steckte.

Ich war wie vom Donner gerührt, rührte mich aber nicht. Meine Augen suchten den Hurensohn, der das getan hatte. Er stand mitten auf der Rue Ulysse-Trélat, die Hände in den Taschen seiner Lederjacke, und lachte vor Genugtuung. Ich trug Bélita auf meinen Armen zum nächsten Bistro, wobei ich die erschreckte Menge zur Seite schob. Bevor ich das Bistro betrat, warf ich noch einen letzten Blick auf die Rue de Tolbiac, auf die Stelle, an der die Flics ihren ehemaligen Kollegen Norbert Ballin erstochen aufgefunden hatten. Inspektor, wenn Sie gerächt werden, verdanken Sie es einer Zigeunerin, einem jener Mädchen, von denen Sie wahrscheinlich nicht viel gehalten haben. Eigentlich zum Lachen, nicht wahr?

Ich betrat mit meiner rotschwarzen Bürde das Bistro. Dort legte ich Bélita auf eine Sitzbank. Sachte, ganz sachte, als hätte ich Angst gehabt, sie aufzuwecken. Und dann ging ich zum Telefon.

Paris 1956

Nachgang

„Wie Eiterpusteln", schimpfte der alte Mann, „ein Ausschlag aus Glas und Beton. Und damit wir gleich wissen, daß wir in eine neue Welt eintreten, haben sie auch den passenden Namen für diese Dinger aus Glas und Beton gefunden: Galaxie."

Der alte Mann ist verbittert. Er kennt diese Gegend seit über einem halben Jahrhundert. Aber erkennt er sie noch? Anerkennen will er das städtebauliche Großreinemachen nicht. Damit nur keine Mißverständnisse aufkommen, fügt der alte Mann beschwichtigend hinzu, er wolle natürlich unter dem Schein der Liebe zum Pittoresken nicht zum Anwalt für Schmutz und Unrat werden und alten Bruchbuden das Wort reden – klar, eine Säuberung war dringend notwendig, aber als er von ‚Säuberung' spricht, da wird ihm bewußt, wie verfänglich das gemeint sein kann. Das will er schon richtig verstanden wissen. In Wut und Verbitterung mischt sich Wehmut. „Fände man doch die Spur derer, die diesem Viertel Leben eingehaucht haben. Arbeiter und Hand-

Blick auf das 13. Arrondissement

werker, all die sogenannten ‚Kleinen Leute' und die kleinen Huren mit der Blume im Haar, all diese Typen, denen nichts so recht gelingt, die aber doch menschlich sind."

Der alte Mann ist mit dem Viertel fertig. Er werde nicht mehr ins 13. Arrondissement zurückkehren, sagt er. Er hat all das, was ich hier niederschreibe, schon vor zehn Jahren gesagt. Seit langem hat er Paris verlassen, das Paris intra muros, und wohnt in einer der grauen Vorstädte. Ausgerechnet in einem jener Betonklötze, die er so sehr verabscheut. Aber der zornige alte Mann ist etwas älter geworden und nimmt die Dinge heute etwas gelassener hin.

Er weiß, wovon er spricht. Er hat literarisch fast alle Arrondissements durchforstet, auch das dreizehnte. Der alte Mann heißt Léo Malet.

Da ist zum Beispiel die Rue des Hautes-Formes. *„Links und rechts nichts als bescheidene Baracken, mit einer, selten zwei Etagen. Manchmal direkt an der Straße, meistens ein kleiner Garten davor, oder besser gesagt, ein Vorhof."*

Rue des Hautes-Formes – ein seltsamer Name. Und es darf gerätselt werden, was darunter zu verstehen ist. Das Nachschlagewerk der Pariser Straßennamen führt die Bezeichnung auf drei, vier höhere Häuser zurück, die sich früher von den flacheren Nachbarbauten abhoben. Origineller ist da schon der Anklang an die französische Bezeichnung für Zylinder. War es etwa die Straße der Hutmacher? Oder, wie spekuliert wird, wenn auch allzu verwegen – die Straße, in der die ‚feineren' Leute wohnten, die mit dem Zylinder auf dem Kopf das Haus verließen?

Der Name ist ohnehin das einzige, was geblieben ist. Hinter seelenlosen Neubauten, die freilich nicht ganz so abstoßend wirken wie die Kolosse im später noch anzusprechenden China-Town, ragt die Tolbiac-Universität hervor. *„Gottverlassen und düster"* schildert Burma die heute lichte Passage. *„Das holprige, krumme Pflaster konnte mit dem besten Schuhwerk und dem stabilsten Gleichgewicht schnell fertigwerden. Im Rinnstein stand das Schmutzwasser. Im Laternen-*

Die ‚Zylinder'-Straße, in der Lenantais wohnte

schein sah's aus wie ein Tümpel bei Mondschein." Noch immer gibt es im 13. Arrondissement solche Gäßchen. Die Zylinder-Straße jedoch ist ein Zeugnis neuerer Zeit. Die letzten Spuren

Die Metro an der Gare d'Austerlitz

der Wohnung von Lenantais alias Abel Benoit sind verwischt.

Einen kompletten Bahnhof abzutragen oder eine Metro-Station, gar ein Krankenhaus niederzureißen – das haben nicht mal Pompidous radikale Sanierer gewagt. Natürlich nicht. Dazu bestand ja auch kein Anlaß. Ich folge Burma, viele Jahre danach, mit der Linie 5 zur Station Gare d'Austerlitz. Das Hexagon, das französische Sechseck, kennt sechs Himmelsrichtungen und folglich auch sechs große Bahnhöfe in der Hauptstadt. Der Austerlitz-Bahnhof im Südosten der Stadt bringt seine Kunden in den Südwesten des Landes. Das ist französische Logik. Auch am Quai an der Seine läßt sich das furiose Finale leicht nachvollziehen, wo der dubiose Holzhändler Baurénot einen Stützpfeiler der Metrobrücke hochklettert.

Schließlich die Salpêtrière. Wenn ein Gefängnis Santé heißt, also Gesundheit, dann nimmt es nicht Wunder, wenn der Salpeter Namenspatron einer Klinik ist. Unter König Ludwig XIII. war die Salpêtrière noch ein Lagerhaus für Schießpulver

Lenantais starb in der Salpêtrière

und eben Salpeter, unter seinem Nachfolger Ludwig XIV., dem Sonnenkönig, wurde es ein Obdachlosenasyl. Später fanden dort auch Dirnen und Geistesgestörte Zuflucht und schließlich wurde die Salpêtrière ein Frauengefängnis. Eine abwechslungsreiche Geschichte also. Heute ist die Salpêtrière die größte Universitätsklinik von Paris.

Am Bahnhof vorbei gehe ich zurück zur Brücke. La gare und le pont – der Bahnhof und die Brücke. Im französischen ist der Bahnhof weiblich und die Brücke männlich. Mehr als zwei Dutzend Brücken verbinden allein in der Innenstadt das linke und das rechte Ufer. Aber rive gauche und rive droite sind zwei Welten. Nach den Studenten-Unruhen im Mai 68 erhielt die Grenzlinie symbolhafte Bedeutung. Das aufmüpfige Quartier Latin lag (und liegt natürlich noch immer) auf der linken Uferseite. Auch der Boulevard St. Germain, nach dem Kriege Treffpunkt der Existenzialisten, lag an der rive gauche. Die rive droite gehörte den Etablierten. Alles, was Macht verkörpert und Einfluß, auch die Staatsmacht im Ely-

Die Austerlitz-Brücke

see-Palast, saßen jenseits der Seine. Freilich auch die Arbeiter von Belleville und Ménilmontant, aber der proletarische Osten der Stadt wurde nicht mitgezählt.

Ich lasse die Austerlitz-Brücke hinter mir, die den stolzen Namen des napoleonischen Sieges über die Russen trägt. Eine Waterloo-Brücke gibt es in Paris natürlich nicht. Endlos ließe sich darüber streiten, welche die schönste aller Brücken ist. Das bleibt eine Geschmacksfrage. Die älteste Brücke ist der Pont-Neuf, die Neue Brücke also. Es war die erste Brücke, die nicht mit Häusern bebaut wurde. Vor zwei Jahren verpackte sie der Verwandlungskünstler Christo in Stoff.

Der Pont de Bercy, der zu den alten Weinhallen im 12. Arrondissement hinüberführt (siehe Malet, „Kein Ticket für den Tod") und der noch weiter im Osten liegende Pont de Tolbiac sind in der anekdotenreichen Pariser Brückenfamilie eher Stiefkinder. Da traf Malet mit seiner Geschichte von der verlorenen Leiche eine Lücke.

Die Bercy-Brücke

Es ist ein langer Weg von der belebten Austerlitz-Brücke zur äußersten Ecke des Arrondissement im Südosten. Jenseits der Ring-Autobahn stoße ich auf die Rue Bruneseau.

„Die Rue Bruneseau war die erste Straße rechts. Sie war nur einseitig bebaut. Auf der anderen Seite war zum Teil freies Feld, zum Teil Sportgelände. Ich ging die kleinen Fabrikhallen und Werkstätten entlang. Meine Wahl fiel auf eine Bruchbude in einem verwilderten Garten.“

Es hat sich nicht viel verändert seit Burmas Zeiten. Inzwischen ist auch die andere Straßenseite bebaut. Alles wirkt ein wenig zufällig. Hier eine Garage, dort ein Lagerhaus für Tiefkühlkost, ein paar Wohncontainer für Fremdarbeiter. Bélitas Sippe fände auch noch ein Terrain.

Die Füße schmerzen auf dem harten Asphalt. Sie führen mich zurück zur Rue Watt. Gäbe sie es nicht, müßte sie als Kulisse für die Krimis der schwarzen Serie erfunden werden. Boris Vian, die heute legendäre Kultfigur der fünfziger Jahre, hatte der Rue Watt ein Gedicht gewidmet:

Eine einsame Straße
farblose Katzen
streunen
und huschen vorbei
sie bleiben nie stehn
weil es niemals dort regnet.
Der Tag
ist weniger schön.

Recht hat er, der Boris Vian. Wie soll es regnen in einer Straße, die sich unter den weitverzweigten Gleisen des Güterbahnhofs versteckt. Die gleichsam unter den Schienen abtaucht in den Untergrund. Jean-Pierre Melville hat den ‚Eiskalten Engel‘ mit Alain Delon hier teilweise gedreht und der Alt-Anarchist Lenantais ließ sich hier auf das tödliche Treffen mit Lacorre ein.

Tatort: Rue Watt

„Eine höchst malerische Straße, zutiefst geeignet für Überfälle aller Art, vor allem nachts. Im spärlichen Licht vereinzelter Laternen sah man die dünnen Eisenträger. An den Seitenmauern dieses feuchten, engen Ganges rann glänzend schmutziges Wasser runter. Über unseren Köpfen donnerte ein Zug hinweg. Der Höllenlärm ließ alles erzittern.“

Die Rue Watt, *„ein vielversprechender Name, um Licht ins Dunkel zu bringen.“*

Die Entbindungsklinik, die nach der Jungfrau von Orléans benannt ist, habe ich nicht gefunden, wohl aber die Heilsarmee, in der sich Lacorre verkrochen hatte. Auch die Stelle, an der Burma sein letztes, nicht verabredetes Rendezvous mit Bélita hatte, am Kreuzpunkt der kleinen Rue Ulysse-Trélat und der Rue de Tolbiac. Messerwerfers Meeting-Point.

Die Zeit scheint in der Gegend um die Rue du Chevaleret stehengeblieben zu sein. Vergessen zwischen gestern und heute. Ein vergilbtes Papier der Stadtplanung, verlorengegan-

Liebe Leserin, lieber Leser,

wir sind sehr daran interessiert, unser Buchprogramm im Zusammenwirken mit unserem Publikum weiterzuentwickeln. Deshalb würden wir gerne Ihre Meinung zu dem Buch, dem Sie diese Karte entnommen haben, erfahren. Dürfen wir Sie bitten, folgende Fragen zu beantworten? Vielen Dank.

1. Welchem Buch haben Sie diese Karte entnommen?

---

2. Hat Ihnen das Buch gefallen? Wenn ja, warum? Wenn nein, warum nicht?

---

3. Kannten Sie unseren Verlag schon vor dem Kauf dieses Buches? ☐ ja ☐ nein

4. Sind Sie an weiteren Informationen über unsere Bücher und den mit uns kooperierenden Verlagen interessiert? Bitte kreuzen Sie an: ☐ ja ☐ nein

5. Welche Themenkreise interessieren Sie besonders?

☐ Gestaltung und Typographie ☐ Buchkunst ☐ Kunstgeschichte ☐ Allgemeine Belletristik
☐ Sachbücher und Exzentrik ☐ Reisebücher ☐ Kriminalliteratur

PS: Bitte vergessen Sie nicht Ihre Adresse auf der Vorderseite. Herzlichen Dank.
Rio Verlag und Elster Verlag

Postkarte
bitte
frankieren

Postkarte

Absender:

Name: ____________________

Vorname: ____________________

Straße: ____________________

Ort: ____________________

Unterschrift: ____________________

Datum: ____________________

Rio Verlag / Elster Verlag
Klosbachstraße 144

CH–8032 Zürich

Lacorre versteckte sich bei der Heilsarmee

gen im Aktenberg der Sanierungsmaßnahmen. Irgendwann einmal aufgerufen zur Wiedervorlage.

Ganz anders ein paar hundert Meter weiter im Westen. Eine Neugeburt der Post-Burma-Zeit. China-Town, oder wie man in Paris sagt: Hongkong-sur-Seine. Das Chinesen-Viertel.

Burma hatte seinen Fall gerade gelöst und war, gram über Bélitas Tod, wieder auf die andere Seite der Seine über die vom Nebel verschluckte Tolbiac-Brücke gewechselt, da trug der Bauch von Paris bereits ein werdendes Kind in sich, das alles andere als ein Wunschkind war. Gezeugt von einer der schmählichsten Niederlagen, die die glorreiche Republik in ihrer Geschichte einstecken mußte.

Frankreich hatte den Kolonialkrieg in Indochina verloren. Zigtausende flohen aus den alten Besitzungen. Aus Vietnam, Kambodscha und Laos. Viele von ihnen fanden in Paris eine neue Heimat. Es war erst die Vorhut einer weit größeren Welle von Rückwanderern, die ein paar Jahre später, als auch Algerien sich vom Mutterland abnabelte, über Frankreich hinwegschwappte. Und noch einmal, Mitte der siebziger Jahre, trieb es Tausende von Flüchtlingen von Fernost nach Frankreich.

Die Stadtplaner des de Gaulle-Nachfolgers Pompidou hatten sich gerade gründlich verkalkuliert. An den Einfallstraßen am südlichen Stadtrand hatten sie großflächig ein ganzes Viertel eingestampft und statt dessen bis zu 30 Stockwerke hohe Wohntürme hochgezogen. Aber die französischen ‚Ureinwohner' dachten gar nicht daran, das Spekulantenspiel um hohe Mieten in hohen Etagen mitzumachen. Viele von ihnen setzten sich in die Vorstadt ab, die Wohnsilos blieben leer und drohten zu verrotten. Eilfertig stopfte man die Flüchtlingsfamilien aus Fernost in die meist viel zu kleinen Wohnungen. Aber das Experiment, aus der Not geboren, geriet zur Tugend. Genügsam und anpassungsfähig bauten sich die Neuankömmlinge eine eigene Welt auf. Grotesk genug, daß die steinernen Klötze oft klangvolle italienische Namen tragen, wie Puccini oder Verdi. In ihren Wänden und zu ihren Füßen spielt eine andere Musik. Die zwanzig- oder dreißigtausend Asiaten, so genau weiß das niemand, haben sich eine lückenlose Infrastruktur geschaffen.

Eine Vielzahl kleiner Supermärkte und Restaurants lockt zunehmend auch französische Kundschaft an. Aber hinter den Türen bleibt es eine geschlossene Gesellschaft voller ungelöster Rätsel. Seit Jahren zum Beispiel zerbrechen sich Statistiker darüber den Kopf, warum gerade im dichtbevölkerten Dreieck zwischen der Porte d'Italie, der Porte d'Ivry und Tolbiac eine verschwindend geringe Steuerquote registriert wird. Nirgendwo sonst in Paris wird das Leichentuch so selten ausgebreitet. Liegt es allein an der Zählebigkeit ihrer Einwohner oder ist doch etwas an den hartnäckigen Gerüchten dran, wonach die graue Asche der gelben Gäste auf ominösen Pfaden außer Landes geschafft wird, um Opas Aufenthaltsgenehmigung klammheimlich auf den Enkel umzuschreiben?

Restaurants in China-Town

Namen sind in China-Town eh' Schall und Rauch. Das Französisch manches Chinesen entspricht etwa den Chinesisch-Kenntnissen der Franzosen. Das erschwert die Kommunikation, vermeidet aber zuweilen Konflikte. Natürlich haben die Chinesen, die heute im asiatischen Vielvölkergemisch die Mehrheit stellen, auch ihre eigenen Kinos und ihre eigene Zeitung. Sinologen bleibt es vorbehalten, zwischen den Zeilen des ‚Europa-Journals', so der ins Deutsche übersetzte Titel der Gazette, dem Geheimnis der verlorenen Urnen nachzuspüren. Nestor Burma hätte hier seinen Spaß gehabt.

Was Nestor längst wußte, liegt heute mehr als 200 Jahre zurück. Am 21. Oktober 1783 stieg in Anwesenheit der königlichen Familie vor dem Schloß Muette im Westen der Stadt der erste Heißluftballon auf. Die Brüder Montgolfière hatten die Pioniertat der Luftfahrt in die Wege geleitet. Eine knappe halbe Stunde nach dem vielbestaunten Start landeten die beiden Piloten de Rozier und Marquis d'Alandes auf der Butte-aux-Cailles. Rund acht Kilometer hatte der Ballon zurückgelegt und eine Flughöhe von 950 Metern erreicht.

Vor dem Probeflug hatte sich der König noch skeptisch gezeigt. Allzu gewagt schien das Unternehmen, um dabei Menschenleben auf's Spiel zu setzen. Also steckte man einen Hahn in den Korb. Und dazu eine Ente und einen Hammel. Als das tierische Trio den Flug unbeschadet überstand, war das Mißtrauen des Königs gebrochen.

Sehr viel mehr historisches Zeugnis hat die Butte-aux-Cailles kaum hinterlassen, wenn man von den Wachteljagdfreunden Napoleons auf dem damals noch unbebauten Hügel absieht. In den folgenden Jahrzehnten ließen sich auf der Butte vor allem Handwerker und kleine Gewerbetreibende nieder. Der ländlich-heimelige Charakter des Viertels hielt sich bis in die sechziger Jahre. Dann drohten die gefräßigen Planierraupen der Baukolonnen auch die beschauliche Butte zu verschlingen. Tatsächlich schlugen sie tiefe Wunden, deren Narben überall zu sehen sind. Aber die Leute von der Butte leisteten Widerstand. Und nachdem vor wenigen Jahren noch

Wandmalerei im 13. Arrondissement

das langsame Siechtum der Butte besiegelt schien, ist heute wohl das Schlimmste überstanden. Ein Verdienst nicht allein der Alteingesessenen, sondern auch einer jüngeren Generation, die in den siebziger Jahren zugezogen war, auf der Suche nach billigen Unterkünften, die im innerstädtischen Paris immer seltener geworden sind. Das Gesicht der vielen kleinen Straßen und Gassen auf der Butte hat längst wieder an Profil gewonnen.

Schrebergarten im Hinterhof

Der Hang zur liebevollen Erhaltung alter Bausubstanz hat viele Nachahmer gefunden. Ein vortreffliches Beispiel, wie sich selbst auf engem Raum reizvoll wohnen läßt, bietet eine Sozialbau-Siedlung in normannischem Stil in der Rue Daviel. Aber obwohl es ein Musterbeispiel ist, blieb es ein Exempel. Gleich um die Ecke in der Rue Vergniaud steht eine kleine Kirche, die unbeachtet bliebe, gehörte sie nicht den bei uns in Deutschland weithin unbekannten Antoinisten. Es ist eine der in Paris zahlreich vertretenen Sekten, mit einer ebenso kleinen wie engagierten Zahl von Anhängern.

Ein schwarzgewandetes Mädchen verwehrt mir am Portal freundlich, aber bestimmt den Eintritt. Ich erwecke wohl nicht den Anschein, dem Sektengründer Louis Antoine so bedingungslos zu huldigen, wie es seine Gemeinde vorschreibt. Das Geheimnis der Antoinisten ist mir bis heute verborgen geblieben, da Vater Antoine in den mir zugänglichen Nachschlagewerken keine Beachtung fand.

Die Kultstätte der Antoinisten

Aber auch die katholische Kirche hat ihre Besonderheit im 13. Arrondissement. So gibt es eine Kirche Notre Dame-de-

Hier werden die Gobelin-Teppiche gewebt

la-gare, die ,Unserer lieben Frau vom Bahnhof' gewidmet ist...

Die Avenue d'Italie hinunter, in der eine Zeitlang Günter Grass gelebt hat, der während seiner Pariser Jahre die „Blechtrommel" schrieb, überquere ich die Place d'Italie und erreiche die Gobelin-Manufaktur. Bereits vor einem halben Jahrtausend betrieb dort die holländisch-flämische Familie Gobeleen eine Färberei. Der später ins Französische eingefärbte Name ,Gobelin' steht für eine seit Jahrhunderten geübte Teppichwebkunst, die lange Zeit exklusiv in königlichen Diensten war. Bis in unser Jahrhundert hinein floß an den Werkstätten ein Flüßchen vorbei, das Bièvre hieß und von den Abwässern der Fabrik meist bunt gefärbt wurde. Ein frühes Beispiel also für skrupellose Umweltverschmutzung, um die sich damals jedoch kaum jemand kümmerte. Die Färberei steht noch heute – das Flüßchen Bièvre versickerte zunehmend und verschwand schließlich unter der Erde.

An der Rückfront der Gobelins windet sich in einer langge-

Baurénots Holzhandlung war in dieser Straße

zogenen Kurve die Rue Berbier-du-Mets. Hier ortet Malet die Holzhandlung von Baurénot.

Hinter der Rue Leon-Maurice Nordmann liegt die Cité Verte, eine der letztverbliebenen Künstlerkolonien, geprägt von verschludertem Charme. Henry Moore hat dort eine Weile gearbeitet. Erst hinhaltender Widerstand hat die Pläne vereitelt, das Grundstück einzuebnen.

Sehr viel vehementer noch verlief der Kampf um die Cité Fleurie am Boulevard Arago. Die ‚Blumenstadt' war ein Überbleibsel der Weltausstellung von 1878. Sogar die ‚New York Times' engagierte sich gegen „die drohende Zerstörung des historischen Paris". Aber eine kapitalkräftige Baugesellschaft, die an Stelle der baufälligen Ateliers ein Appartementhaus errichten wollte, schien den längeren Atem zu haben. Renoir und Gauguin, Rodin, Modigliani und Max Ernst hatten dort gearbeitet. Das hätte zehn Jahre zuvor noch kaum einen Lokalredakteur auf den Plan gerufen. Aber die Zeiten haben sich geändert.

Rund 800 Ateliers fielen am Montparnasse der Spitzhacke zum Opfer. Die Cité Fleurie wurde zum Symbol der Wende. Die Stadt Paris kaufte unter dem wachsenden Druck der Öffentlichkeit das Gelände für zehn Millionen Francs. Umge-

Künstler-Ateliers in der Cité Verte

rechnet nach damaligem Kurs etwa dreieinhalb Millionen Mark. Innerhalb weniger Jahre wurde das Terrain wieder instandgesetzt. Allerdings sind längst nicht mehr alle Anwohner der Cité Maler oder Bildhauer.

Noch in den frühen dreißiger Jahren unseres Jahrhunderts war der Boulevard Arago schauriger Schauplatz öffentlicher Hinrichtungen. Vor dem Gefängnisbau der Santé, die in Erinnerung des ehemals dort beheimateten Krankenhauses Gesundheit verheißt, wo Häftlinge auf ihren Tod warteten, wurde zu früher Morgenstunde die Guillotine aufgebaut.

Heute hat der Henker Ruh. Das Fallbeil ist in der Requisitenkammer verschwunden. Noch immer bettet sich die Tolbiac-Brücke im Nebel und über die Rue Watt streunen farblose Katzen im fahlen Licht der alten Laternen. Die Heilsarmee hält ihre Pforten offen, für Typen wie Lacorre und andere, die Burma und dem Kommissar Faroux niemals in die Quere gekommen wären. Aber in den vielen kleinen Lokalen im Dunstkreis der Porte de Choisy stehen Frühlingsrollen auf der Speisekarte und nicht mehr Pot-au-feu und bestenfalls jeder fünfte nennt sich noch ‚Arbeiter'. Zu Burmas Zeiten war es jeder zweite. Aber Burma, Zeuge einer verlorenen Zeit, hat sich vom 13. Arrondissement verabschiedet und sein Ziehvater Malet, der alte Mann, will nicht mehr wiederkommen. Und Bélita liegt unter der Erde.

Peter Stephan, im Oktober 1987

Kein Nebel über der Tolbiac-Brücke

Anmerkungen des Übersetzers:

1. Kapitel:
Institut Médico-Légal (früher **Morgue**): Leichenschauhaus und gerichtsmedizinisches Institut in Paris.
S.N.C.F. (Société nationale des chemins de fer français): Staatliche französische Eisenbahngesellschaft.

2. Kapitel:
Tour Pointue: Polizeidienststelle im Palais de Justice am Quai de l'Horloge

4. Kapitel:
Fellag(h)a: Algerischer Partisan im Unabhängigkeitskrieg gegen Frankreich.
F.L.N. (Front de libération nationale): Nationale Befreiungsfront.

5. Kapitel:
Die Gorgo: Weibliches Ungeheuer der griechischen Sage.
Außer dreißigtausend Francs: Bei allen Geldbeträgen, von denen im Laufe des Romans die Rede ist, handelt es sich um Alte Francs.
Père Peinard: Ruhiger Mensch, der seine Bequemlichkeit über alles liebt, den nichts aus der Ruhe bringt, der sich aus allem raushält.

8. Kapitel:
Schade um den Wein von Bercy: s. Léo Malet, **Kein Ticket für den Tod** (12. Arrondissement).

9. Kapitel:
Quai des Orfèvres: Sitz der Kriminalpolizei in Paris.
Santé: Zentralgefängnis in Paris.

12. Kapitel:
Morgue: s. 1. Kapitel

Inhaltsverzeichnis